Bianca

MATRIMONIO EN JUEGO

MAISEY YATES

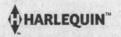

HARLEQUIN™

Editado por Harlequin Ibérica.
Una división de HarperCollins Ibérica, S.A.
Núñez de Balboa, 56
28001 Madrid

I.S.B.N.: 978-84-687-7381-0
Depósito legal: M-34559-2015
Impresión en CPI (Barcelona)
Fecha impresion para Argentina: 25.7.16
Distribuidor exclusivo para España: LOGISTA
Distribuidores para México: CODIPLYRSA y Despacho Flores
Distribuidores para Argentina: Interior, DGP, S.A. Alvarado 2118.
Cap. Fed./Buenos Aires y Gran Buenos Aires, VACCARO HNOS.

Capítulo 1

HANNAH Weston lanzó un juramento cuando tropezó con el dobladillo de su vestido de novia por haberse despistado viendo números en la pantalla de su teléfono inteligente. Había dicho que ese día no trabajaría, pero había mentido.

El mercado de valores estaba cerrado ese día, pero ella tenía una pista y tenía que investigarla antes de pronunciar sus votos. Había clientes que dependían de ella. Y el novio jamás lo sabría.

Entró en la limusina con los ojos pegados todavía a la pantalla del teléfono, se recogió el vestido en una bola de satén y tiró de ella hacia dentro antes de cerrar de un portazo.

—¿Vas a la capilla?

Hannah se quedó paralizada y se le heló la sangre en las venas. La limusina se apartó de la acera para adentrarse en el tráfico de San Francisco. Aquella voz. Ella conocía aquella voz.

No podía alzar la vista, seguía con los ojos clavados en el teléfono. Apretó con los dedos la pesada tela del vestido de novia y respiró hondo. Al fin levantó la vista hasta los intensos ojos que la miraban por el espejo retrovisor.

También conocía aquellos ojos. Nadie tenía unos

ojos como los de él. Parecían atravesarla, poseer la habilidad de leer sus secretos más íntimos. Parecían capaces de burlarse y flirtear con la misma mirada. Todavía veía aquellos ojos en sueños. Y a veces en sus pesadillas.

Eduardo Vega. Uno de los muchos esqueletos que ella guardaba en el armario. Solo que aquel no se quedaba encerrado.

–Y me voy a casar –dijo ella con voz tensa. No se dejaría intimidar. Si alguien tenía que intimidar, sería ella. En Nueva York tenía más agallas que ningún hombre de la Bolsa. Tenía a Wall Street en un puño. En aquellos momentos era una fuerza importante en el mundo de las finanzas y no tenía miedo.

–Me parece que no, Hannah. Hoy no. A menos que te apetezca que te detengan por bigamia.

Ella inspiró aire con fuerza.

–Yo no soy bígama.

–No estás soltera.

–Sí lo estoy. Los papeles se...

–Nunca se presentaron. Si no me crees, investiga el tema.

A ella le dio un vuelco el estómago.

–¿Qué hiciste, Eduardo? –el nombre le sabía extraño en la lengua, pero, por otra parte, nunca había sido familiar. Su exmarido era básicamente un extraño. Ella nunca lo había conocido de verdad.

Habían vivido juntos... más o menos. Ella había ocupado la habitación de invitados del ático de lujo de él durante seis meses. Solo compartían las comidas los fines de semana en que iban a la casa de los padres de él. No compartían la cama, no compartían nada aparte de un saludo cuando se encontraban en aquella casa enorme. Él solo le dirigía la palabra y la tocaba en público.

Él era inteligente y muy rico, con una mente estratégica y una absoluta falta de decoro. Ella nunca había conocido a un hombre como él. Ni antes ni después. Por supuesto, tampoco la habían chantajeado para casarse ni antes ni después.

–¿Yo? –Él la miró de nuevo a través del espejo y sonrió–. Nada.

Ella se echó a reír.

–Es curioso. No te creo. Yo firmé los papeles, lo recuerdo claramente.

–Y, si hubieras dejado una dirección para enviarte el correo, habrías sabido que nunca se finalizó el divorcio. Pero tú no haces las cosas así, ¿verdad? Dime, Hannah, ¿sigues huyendo?

–¿Qué has hecho? –preguntó ella, que se negaba a permitir que la última pulla de él diera en el blanco. No tenía por qué contestarle a Eduardo. No tenía que contestarle a nadie. Y, desde luego, no tenía que huir.

Sus ojos se encontraron en el espejo y sintió una aguda punzada de emoción que se burlaba de su pensamiento anterior. ¿Por qué ocurría aquello en aquel momento? Se iba a casar una hora más tarde. Con Zack Parsons, el mejor hombre que había conocido en su vida. Un hombre respetuoso y honorable. Distante. Capaz de darle un empujón en su carrera. Él era todo lo que ella quería, todo lo que necesitaba.

–Es un proceso complicado –dijo él. Su acento era tan encantador como siempre, aunque sus palabras le hicieran hervir la sangre a Hannah–. Algo falló en algún punto.

–Eres un bastardo. Un absoluto bastardo –ella cerró

el buscador de webs de su teléfono y abrió el teclado de números para marcar uno.

–¿Qué haces, Hannah?

–Llamar a la policía. A la guardia nacional.

–¿A tu prometido?

A ella se le encogió el estómago.

–No, Zack no necesita saber...

–¿Quieres decir que no le has hablado a tu amante de tu esposo? Eso no es una buena base para un matrimonio.

Hannah no podía llamar a Zack. No podía permitir que Eduardo se acercara a la boda. Eso podía destruir todo lo que ella llevaba nueve años construyendo. Odiaba que él tuviera el poder de hacer eso. Odiaba admitir la verdad, que él había tenido poder sobre ella desde el momento en el que se habían conocido.

Apretó los dientes.

–El chantaje tampoco lo es.

–Fue un intercambio, mi tesoro. Y lo sabes. Chantaje suena sórdido.

–Lo fue. Lo sigue siendo.

–¿Y tu pasado es tan limpio que no puedes soportar ensuciarte las manos? Los dos sabemos que eso no es cierto.

Hannah tenía una grosería en la punta de la lengua. Pero espantar a Eduardo no solucionaría su problema. El problema de que necesitaba llegar al hotel y pronunciar sus votos.

–Te lo preguntaré una vez más antes de abrir la puerta, lanzarme al tráfico y destrozar este vestido en el proceso. ¿Qué es lo que quieres? ¿Cómo te lo doy? ¿Eso hará que te vayas?

Él negó con la cabeza.

—Me temo que no. Te voy a llevar a mi hotel. Y no pienso irme.

Ella apretó los labios.

—¿Tienes fijación con las mujeres con vestido de novia? Porque, cuando nos conocimos, me pusiste uno enseguida y ahora parece que te interesas de nuevo por mí... y llevo otro vestido de novia.

—No es el vestido.

—Dame una buena razón para no llamar a la policía y decirle que me has secuestrado.

—Hannah Mae Hackett.

Su verdadero nombre le sonaba en aquel momento muy poco familiar. Y más todavía en boca de él en lugar de pronunciado con un gangueo sureño. Hannah sintió un peso de plomo en el estómago al oírlo.

—No lo digas —replicó.

—¿No te gusta tu nombre? Me imagino que no. Por eso te lo cambiaste.

—Legalmente. Legalmente ya no tengo ese nombre. Ahora me llamo Hannah Weston.

—Y conseguiste ilegalmente becas y ser admitida en la universidad de Barcelona falsificando tu historial académico.

Ella apretó los dientes, el pulso le latía con fuerza. Estaba acabada y lo sabía.

—Esto me suena a una conversación que tuvimos hace cinco años. Por si lo has olvidado, yo ya me casé contigo para impedir que hicieras público eso.

—Es un asunto inacabado.

—Lo único que parece estar inacabado es nuestro divorcio.

—Oh, no, hay mucho más que eso —él acercó la limusina a la acera de enfrente de uno de los famosos hoteles boutique de San Francisco. Mármol, adornos dorados y mozos elegantemente vestidos mostraban el lujo del lugar. Era el tipo de cosas que habían atraído a Hannah desde joven. El tipo de cosas que había empezado a anhelar cuando se había dado cuenta de que tenía el poder de cambiar sus circunstancias.

Siempre que entraba en un hotel, en cuanto se cerraba la puerta y quedaba aislada del mundo, daba una vuelta sobre sí misma y caía sobre la cama, regodeándose en su blandura, en la limpieza, en el espacio y la soledad. Incluso en aquel momento, que tenía su propio ático con sábanas de miles de hilos, todavía lo hacía.

Pero aquel hotel no evocó esas sensaciones en ella. La presencia de Eduardo lo impedía.

El mozo tomó las llaves de la limusina y Eduardo se acercó a la puerta de Hannah y la abrió.

—Espera, ¿has robado esto? —preguntó ella, mirando el automóvil.

Cuando Eduardo se inclinó, Hannah reprimió el impulso de echarse hacia atrás.

—Se la he comprado al chófer. Le he dicho que se comprara una más nueva y más bonita.

—¿Y no le ha importado que lo hubieran contratado para recogerme?

—Cuando le he dado dinero suficiente para dos limusinas, no.

—¿Iba a dejar plantada a una novia el día de su boda?

Eduardo se encogió de hombros.

—El mundo está lleno de personas deshonestas y egoístas. Tú, querida, ya deberías saberlo.

Ella soltó un bufido, se subió el vestido hasta las rodillas y salió del coche sin tocar a Eduardo. Se enderezó y dejó que el vestido cayera en su sitio. Tiró del velo hacia atrás.

–No me digas que tú no eres uno de los egoístas, mi querido esposo.

Lo miró de arriba abajo. Él seguía siendo todo lo que había sido cinco años atrás. Alto, ancho de hombros, apuesto, una visión de belleza viril dentro de un traje bien cortado. Su piel bronceada se veía perfectamente realzada por su camisa blanca. El pelo moreno le llegaba hasta el cuello de la camisa.

Siempre había tenido el poder de alterar el orden de la vida de Hannah, de hacerle sentir que estaba peligrosamente cerca de perder el control que tanto se había esforzado por cultivar durante años.

Eso era lo que más odiaba de él. Su fuerte magnetismo. Que siempre tenía el poder de producirle temblores, cuando ninguna otra cosa podía lograr eso.

No era solo porque era guapo. Había muchos hombres guapos en el mundo y ella tenía demasiado control sobre sí misma para permitir que eso la afectara. Era el hecho de que exudaba una clase de poder que ella jamás podía esperar lograr. Y de que tenía poder sobre ella.

Pasó delante de él, ignorando el perfume de su colonia y de su piel, ignorando el modo en que se le encogía el estómago. Entró en el vestíbulo del hotel, muy consciente de que estaba dando un espectáculo y sin importarle lo más mínimo. Respiró profundamente. Necesitaba concentrarse. Necesitaba averiguar qué quería él para poder salir de allí lo antes posible.

–Señora Vega, señor Vega –una mujer que Hannah asumió sería la directora, salió de detrás del mostrador de recepción con una amplia sonrisa en la cara–. Es un gran placer tenerlos aquí. El señor Vega me dijo que traería a su esposa cuando viniera esta vez. ¡Qué romántico!

Hannah tuvo que reprimir un juramento.

Eduardo se acercó y le rodeó la cintura con el brazo. Ella respiró con fuerza. Por un momento, un solo momento de locura, quiso apoyarse en él. Acercarse a su fuerza masculina. Pero solo por un momento.

—Mucho —dijo él.

—¿Hay alcohol en la habitación? —preguntó ella, apartándose.

La directora, cuya placa la identificaba como María, frunció levemente el ceño.

—Hay champán esperándolos.

—Necesitaremos tres botellas.

El ceño de la directora se hizo más profundo.

—Está de broma —dijo Eduardo.

Hannah negó con la cabeza.

—He estado borracha desde que pronuncié mis votos. Tengo intención de pasar el resto del día así.

—Iremos arriba.

—Envíe champán —dijo Hannah cuando él intentaba apartarla del mostrador de un modo que seguramente pensaba que era amoroso.

La llevó hasta un ascensor dorado. Sonrió hasta que la puerta se cerró detrás de ellos.

—Eso no ha estado bien, Hannah —dijo.

Ella se puso una mano en la cadera y le dedicó la más insolente de sus sonrisas. No se sentía insolente ni con control de la situación, pero podía fingirlo como la que más.

—¿Te estás quedando conmigo? Yo creo que ha sido una interpretación magnífica.

Él le lanzó una mirada desabrida.

–Toda tu vida ha sido una interpretación. No esperes premios ahora.

La sonrisa de ella vaciló un momento.

–Oye, estoy nerviosa.

–No estás llorando. No hay rechinar de dientes por dejar a tu prometido en el altar.

Ella se mordió el interior de la mejilla.

–Tú no sabes nada de mi relación con Zack, así que no finjas saberlo. Yo lo quiero. No quiero dejarlo en el altar. Quiero que recuperes el sentido común y me des las llaves de la limusina para que pueda ir al hotel y casarme con él.

La imagen de Zack, vestido con esmoquin negro, de pie delante de todos sus amigos y colegas le daba náuseas. Nunca había sido su intención someterlo a una humillación así. La idea de que pudiera ocurrir le producía carne de gallina.

–Aunque te lleve allí, tu matrimonio no será legal. Ya te lo he explicado.

–Me han dado la licencia matrimonial –dijo ella. Su voz sonaba distante, con eco. Empezaban a temblarle las manos. ¿Por qué reaccionaba así? ¿Por qué era tan débil? ¿Estaba en estado de shock?

–Y nosotros nos casamos e intentamos divorciarnos. Pero algo se perdió.

–¿Cómo pudo perderse algo tan importante? –explotó ella–. No me creo ni por un segundo que tú olvidaras rellenar los papeles.

La sonrisa de él se volvió sombría.

–Cosas más raras han ocurrido, tesoro.

Ella notó por primera vez que él no era exactamente el mismo. Había pensado que sus ojos eran los mismos, pero en ese momento veía que no. Antes brillaban. Sus ojos marrones resplandecían con picardía. Le había hecho mucha gracia descubrir el secreto de ella, que no era quien afirmaba ser. Y le había hecho más gracia todavía casarse con una norteamericana para irritar a su padre, que le había ordenado tomar una esposa para conseguir el liderazgo de la empresa. Para que demostrara que era un hombre de familia. Y Eduardo se había casado con una estudiante universitaria sin dinero, contactos ni habilidad en la cocina.

Aquel brillo de antes ya no existía. Había sido sustituido por una especie de pozo negro que parecía succionar la luz de la habitación, absorber cualquier resplandor que pudiera haber y matarlo. Lo curioso era que esa negrura atraía a Hannah como nunca la había atraído el brillo de entonces.

—¿Como que te secuestren el día de tu boda? –preguntó.

—Coaccionen, quizá. Pero no me digas que no llevas un espray de pimienta en el bolso. Podrías haberme detenido. Podrías haber llamado a la policía. O haber llamado a Zack. No lo has hecho. Y sigues sin hacerlo. Podrías salir corriendo ahora y parar un taxi. Yo no te lo impediría y tú lo sabes.

—Pero tú lo sabes todo y yo...

—Y eso arruinaría tu reputación con tus clientes. Nadie quiere oír que su asesora financiera no terminó el instituto y cometió fraude para conseguir licenciarse en la universidad.

—Tienes razón, ese tipo de información puede volver muy incómodas las reuniones con los clientes –repuso ella con un vuelco en el estómago.

–Me lo imagino. Recuerda lo incómoda que fue nuestra reunión cuando eras mi becaria.

–Creo que la verdadera incomodidad se produjo cuando me hiciste chantaje para que me casara contigo.

–No dejas de usar esa palabra. ¿De verdad fue chantaje?

–Según el diccionario, sí.

Él se encogió de hombros.

–Si no hubiera tenido algo con lo que presionarte, no habría funcionado –comentó.

–Eres muy engreído –contestó ella, hirviendo de rabia. El reloj de la mesilla indicaba que faltaban cinco minutos para su boda y ella seguía allí, en una suite de lujo de un hotel, con otro hombre–. Pero a ti te lo han dado todo hecho, Eduardo. Trabajas porque tu padre te dio un despacho. Yo tuve que crearme mi destino y quizá... quizá el modo en que lo hice fue un poco sórdido.

–El gobierno de los Estados Unidos lo llama fraude. Pero «sórdido» me sirve.

–Tú no sabes lo que es eso –repuso ella.

–Tienes razón. Yo no sé nada de las adversidades de la vida –él frunció los labios con cinismo.

–Tu única adversidad fue que tu padre te pidió que renunciaras a tu vida de juergas y mujeres fáciles y buscaras esposa. ¿Y qué hiciste? Forzaste mi voluntad porque pensaste que una esposa gringa, especialmente si no era católica y no sabía cocinar, sería un modo divertido de cumplir las órdenes de tu padre sin cumplirlas. Y yo te seguí la corriente porque era mejor que perder mi empleo. Mejor que ser expulsada de la universidad. Para ti todo era un juego. Para mí, era mi vida.

–Hablas como si te hubiera hecho algún daño, Hannah, pero los dos sabemos que no es cierto. Tuviste un espacio propio, un ala entera del ático. Nunca te molesté ni me aproveché de ti. Mantuve nuestro acuerdo y te liberé del trato después de seis meses. Y tú te marchaste con todo el dinero que te había prometido. Me parece que olvidas el dinero que te di.

Ella apretó los dientes.

—Porque no lo gasté —no había podido hacerlo. Dejarlo a él, o, mejor dicho, a la familia y la ciudad que empezaba a sentir como suyas, había sido horrible. Y se había sentido, por primera vez, como la persona deshonrosa que era—. Si quieres tus diez mil dólares, están en una cuenta en el banco. Y, francamente, ahora ya no son gran cosa para mí.

—Oh, sí, ahora eres una triunfadora, ¿verdad?

Hannah no se sentía triunfadora en aquel momento.

—Sí, lo soy.

Eduardo se acercó a ella.

—Se te dan bien las finanzas, las inversiones...

—La planificación financiera, estrategias, elegir acciones... Todo eso se me da bien, sí.

—Eso es lo que quiero de ti.

—¿Qué? ¿Asesoría financiera?

—No exactamente. Mi padre murió hace dos años.

Hannah pensó en el hombre duro, formidable y maravilloso al que Eduardo había tenido la suerte de llamar padre. Miguel Vega había sido un hombre exigente, un supervisor, un líder. Amaba su negocio y amaba a sus hijos. Su hijo mayor, que no se tomaba la vida demasiado en serio, le importaba lo bastante como para acorralarlo y obligarle a casarse. Era una versión un poco severa del amor, pero era más de lo que Hannah había tenido con su padre.

Con el tiempo, aquel hombre, su esposa y la hermana de Eduardo habían llegado a significar algo para ella. Los había querido.

–Lo siento mucho –dijo, en voz más baja y con una extraña pena en el corazón. Aunque Miguel seguramente no la había echado de menos ni le había importado nada ella. Y ella se lo merecía. Le había mentido y, por lo que él sabía, había abandonado a su hijo.

–Yo también –dijo Eduardo–. Pero eso me deja al mando de Comunicaciones Vega.

–¿Y las cosas no van bien?

–No del todo –en la mandíbula de él se movió un músculo–. No, no del todo.

–¿Quieres que eche un vistazo a tus libros de contabilidad? Porque eso puedo hacerlo después de casarme con Zack.

Él negó con la cabeza.

–Eso no puede ocurrir, tesoro.

–Sí puede –contestó ella con desesperación.

Se imaginó el hotel, decorado con cinta rosa y tul blanco. Era su boda de ensueño, la boda que había soñado desde niña. No una boda en una catedral destinada al lucimiento de la familia del novio. Una boda que no había tenido nada que ver con ella.

La actual era una boda con un novio que no la amaba, pero que la apreciaba y valoraba. Un novio que no se tomaba a broma la idea de pronunciar los votos con ella. Al menos ese la quería a su lado.

–Lo siento, Hannah. Necesito que vuelvas a España conmigo –él miró por la ventana–. Ya es hora de llevar a mi esposa a casa. Lo siento, pero esto no es una negociación. O vienes conmigo ahora o me presento contigo en ese hotel y puedes explicarles a los invitados y al novio por qué no puedes casarte hoy con él. Explicarle que lo ibas a meter en un matrimonio ilegal.

—No ha sido adrede. Jamás le habría hecho eso si lo hubiera sabido.

—Cuando conozca todo tu pasado, puede que no te crea. O, si te cree, puede que ya no te quiera —él curvó los labios en una sonrisa carente de humor y ella tuvo la estremecedora impresión de que tenía delante a un extraño.

No se parecía nada al Eduardo que había conocido. Ya no tenía el aire despreocupado de antes. Había arrugas alrededor de sus ojos y de su boca. Una boca que parecía que había olvidado cómo sonreír.

Quizá la muerte de su padre le había afectado mucho. Pero a ella eso no le importaba. Tenía que mirar por sí misma. Nadie más lo haría. Nadie más lo había hecho nunca.

—Bastardo —escupió.

—Te estás volviendo repetitiva —repuso él con sequedad.

—¿Y qué? ¿Esperas que vuelva a España y sea tu esposa?

—No exactamente. Espero que vuelvas y sigas siendo mi esposa solo de nombre mientras me ayudas a arreglar los problemas que tengo con Comunicaciones Vega.

—¿Por qué?

—Porque necesito que nadie sepa que hay problemas. Sobre todo la competencia. No necesito que huelan la sangre en el agua. Y tampoco quiero preocupar a mi madre ni a mi hermana. No debe saberlo nadie.

Las piezas empezaban a encajar en su sitio.

—Y tú crees que puede pasar por una reconciliación

cinco años después. ¿Tu esposa vuelve de pronto a Barcelona colgada de tu brazo, en lugar de decir que necesitas contar con asesores externos que te ayuden a arreglar tus finanzas?

–Eso es –gruñó él.

Aquello implicaba que Eduardo tenía problemas de verdad. Y esos problemas implicaban que ella tenía más poder del que creía hasta ese momento. Sonrió.

–Me necesitas. Dilo.

–Hannah...

–No. Si quieres que empiece a considerar esto, tienes que admitir eso. Entonces no lo hiciste, pero ahora ya no soy una universitaria asustada –lo miró a los ojos sin parpadear–. Admite que me necesitas.

–Nunca fuiste una universitaria asustada –replicó él–. Eras una universitaria furiosa por haber sido descubierta y desesperada por mantener tu secreto.

–Pues ahora eres tú el que parece un poco desesperado –ella se cruzó de brazos–. Al menos pídelo por favor.

Él hizo una mueca.

–Por favor.

Ella le dedicó el tipo de sonrisa que sabía que le haría hervir la sangre a él.

–Buen chico.

La luz fiera de los ojos de él le indicó que había ido demasiado lejos. No le importó. Eduardo ya no le podía estropear más aquel día.

Él guardó silencio un momento. A continuación pareció relajarse.

–Tienes mucha confianza en ti misma para ser una mujer que podría afrontar cargos criminales si se dijeran las palabras correctas en los oídos equivocados.

Ella puso los brazos en jarras.

–Pero tú has mostrado tus cartas, querido. Si yo caigo, tú caes conmigo, así que seamos civilizados, ¿eh?

–No olvidemos quién es el que tiene más que perder –replicó él con voz dura.

Ella observó su rostro, las duras líneas talladas en él, las arrugas de la frente que habían aparecido en los últimos cinco años.

–Tengo la impresión de que tú puedes perder algo más de lo que das a entender –comentó.

–¿Y tú qué? Como mínimo, puedes perder tus clientes y tu reputación. Como máximo...

No terminó la frase. No hacía falta. Ella podía perderlo todo y acabar en los tribunales. Podía acabar encontrándose de vuelta en Arkansas en una caravana situada en un trozo de tierra con más flamencos rosas de plástico que hierba.

No podía volver a aquel agujero negro interminable. Sin comienzo ni final. Solo una eternidad de monotonía incómoda que la mayoría de la gente intentaba adormecer con el aturdimiento del alcohol o la euforia de las drogas.

No. No correría el riesgo de volver a aquella vida. Jamás.

–Tienes razón. Además, ahora ya no puedo ir a casarme con Zack, ¿verdad?

–No, a menos que quieras ampliar tu lista de actividades delictivas.

–Yo no he hecho daño a nadie –musitó ella.

Eduardo miró a la esbelta rubia que tenía delante, con los brazos cruzados sobre el elaborado corpiño de su vestido de novia. Su esposa. Hannah. Una de las imágenes que había permanecido clara en su mente aunque la niebla hubiera acabado rodeando otros detalles, otros recuerdos.

La visión de ella como una universitaria delgada con una mente ágil y más agallas que ninguna otra persona que hubiera conocido había permanecido en él. Y, cuando se había percatado de lo difícil que era la situación en Comunicaciones Vega, enseguida había pensado en ella y había sabido que tenía que recuperar a su esposa.

Su esposa. La esposa que nunca lo había sido más allá de una firma en el certificado de matrimonio. Pero ella era un vínculo con su pasado, con el hombre que había sido. Y, curiosamente, no podía dejar de pensar en ella y tenía que haber una razón para eso. Una razón para que la imagen de ella fuera tan clara cuando otras cosas no lo eran.

Por suerte, había conseguido calcular bien el tiempo. Y en su nuevo mundo, un mundo de jaquecas y conversaciones recordadas a medias, eso era una rareza que podía valorar.

—¿Eso significa que falsificar registros académicos está bien? —preguntó. Observó que los ojos azul grisáceos de ella se volvían un poco más grises. Un poco más tormentosos.

—Supongo que no —repuso ella—. Pero no me dedico a pensar en eso. Me di una vida nueva a mí misma y no me arrepiento. No miro atrás. Metí la pata cuando era demasiado joven para comprender lo que podía implicar eso para mi futuro y, cuando me di cuenta, cuando era demasiado tarde...

—Actuaste. Ignorando las ideas tradicionales sobre el bien y el mal, ignorando quién podía resultar afectado. Y eso es lo que hago yo ahora, así que espero que me perdonarás –comentó Eduardo, consciente de que no había sinceridad en su voz. No la sentía.

Ella lo estaba poniendo a prueba, intentaba enfurecerlo. Y funcionaba, pero él no se permitiría perder la concentración. Seguiría enfocado en ella.

–¿Y crees que eso hace que esté bien? –preguntó Hannah.

–En este momento no me preocupan mucho las cuestiones de ética.

–¿Cómo has conseguido llegar a este punto? –preguntó ella.

Eduardo no pensaba, de ningún modo, hablar de sus limitaciones. No eran asunto de ella.

–Todos tenemos nuestros puntos fuertes –comentó–. Lo que me causa problemas es el presupuesto. Las inversiones, los impuestos... No soy un experto.

–Contrata a alguien.

–Ya lo hice. No hizo su trabajo.

–¿Y no te diste cuenta de que estaba metiendo la pata?

La idea de hacer aquello, de intentar mantenerse al día en ese punto, además de dirigir día a día Comunicaciones Vega, hacía que le diera vueltas la cabeza y le palpitaran las sienes. Su respiración se volvió superficial y el pánico puso un sabor metálico en su lengua.

¿Se sentiría alguna vez normal? ¿O aquello era ya lo normal? Una idea perturbadora. Una idea en la que no quería detenerse.

–No tuve tiempo –dijo entre dientes.

–¿Estabas demasiado ocupado con las mujeres? –preguntó ella.

–Una heredera diferente cada noche –repuso él. Estuvo a punto de reírse en voz alta de su propia mentira.

–Mejor que jugar con las empleadas, supongo. O que chantajear a becarias.

–Lo nuestro fue un caso especial.

–Oh, sí, desde luego. Por eso me siento envuelta en un cálido resplandor muy especial.

Él soltó una risita. Hannah quería enfurecerlo, pero no se lo permitiría. Una de las ventajas de su traumatismo craneal, una de las pocas, era que había atemperado sus pasiones, y aunque eso había sido un inconveniente en ciertos sentidos, en otros había demostrado ser valioso. Según algunos, él ya no era divertido, pero no sabía cómo arreglar eso y descubrió que ya no le importaba. Otra ventaja.

–Bueno, es tu gran día –comentó–. ¿Una novia no debería sentirse especial?

Ella lanzó un juramento obsceno y se sentó en el borde de la cama, con el vestido formando una nube a su alrededor. Parecía un ángel de nieve enfadado.

–Eso es un golpe bajo.

–¿Amas a ese hombre? –Eduardo descubrió que esa posibilidad le molestaba, aunque fuera solo una pequeña molestia.

Ella negó lentamente con la cabeza.

–No.

–¿Estás utilizando a otro?

–No. Zack tampoco me ama. Ninguno de los dos tenemos tiempo para un amor apasionado y entregado. Pero nos gustamos. Él me gusta y no me gusta dejarlo plantado hoy. No me gusta la idea de humillarlo.

–Creo que sería más humillante enterarse de que su casi esposa le ha mentido en muchas cosas.

Ella se miró las uñas.

–Zack tiene sus secretos. Cree que nadie se da cuenta,

pero los tiene. Lo noto. Y no se me ocurre preguntarle por ellos.

—Y eso significa...

—Que aceptaría que yo tuviera los míos. No lo compartimos todo.

—Dudo de que pensara compartirte con otro esposo.

—Bueno, eso ya no va a pasar —una expresión de tristeza y vulnerabilidad cubrió un momento el rostro de ella. Desapareció tan rápidamente como había llegado. Evidentemente, sentía algo por su amante, independientemente de lo que dijera.

—Cambio de planes —musitó él.

—Tengo que llamar... a alguien —comentó ella.

—Es demasiado tarde para salvar el día.

—Lo sé. Dame solo un minuto.

Sacó su teléfono móvil del bolso.

—¿A quién llamas?

—A mi secretaria. Está en la oficina ocupándose de todo en mi ausencia. ¿Shelby? —su tono se volvió autoritario.

Guardó silencio un momento. Se ruborizó.

—Lo sé. No puedo seguir adelante con eso. Es complicado. Y no puedo volver al hotel. ¿Puedes ir allí y decírselo a Zack?

—¿Decirle qué? —oyó Eduardo que gritaba la secretaria.

—Que lo siento. Que me gustaría ser lo bastante valiente para haberlo hecho de otro modo, pero no puedo. Sé que es hora punta y vas a tardar siglos, pero... ¿Por favor?

Hubo otra pausa.

—Gracias. Tengo que dejarte —Hannah cortó la llamada y lo miró—. Espero que estés contento.

–No lo estoy. Pero te prometo que, al final, tú lo estarás.

–Eso lo dudo.

–Una vez que todo esté arreglado, te daré permiso para que hables de tu participación en el resurgimiento de mi empresa familiar.

No había sido su intención ofrecerle aquello. La oferta lo sorprendió a él mismo. Ya no solía ser espontáneo.

–¿De verdad? –preguntó ella.

–De verdad. Te prometo que, al final, nos divorciaremos y podrás alardear de tus logros. Lo que no quiero es que nadie debilite aún más el negocio ahora que está vulnerable. Pero después di lo que quieras, arrástrame por el fango, habla de mi incompetencia. Es solo orgullo –dijo él. Orgullo al que había tenido que renunciar hacía tiempo. Se aferraba al que podía, pero era limitado.

–¿De verdad te divorciarás de mí esta vez? Perdona que no me fíe de ti.

–Si no te mudas de un sitio a otro como una gitana, recibirás los papeles cuando todo sea definitivo.

El fracaso del primer divorcio no había sido intencionado. Había sido otro efecto secundario del accidente que lo había cambiado todo. Pero ese efecto había resultado ser afortunado.

–Muy bien. Trato hecho.

Hannah le tendió la mano y él se la estrechó. La de ella era pequeña y creaba una ilusión de delicadeza, pero él sabía muy bien que, bajo aquella piel pálida, ella era puro acero.

Una sonrisa curvó sus labios.

–Buena chica.

Capítulo 2

ME HAS hecho pagarme el billete –Hannah estaba en el umbral del ático de Eduardo, agotada por el viaje, enfadada todavía por el modo en el que se había producido aquello. Con poco tiempo y opciones limitadas, había tenido que volar en clase turista.

Eduardo sonrió.

–Sí. Pero sabía que podías permitírtelo.

–¿La caballerosidad no te dicta comprarle un billete de avión a tu esposa?

Hannah dejó su maleta al lado de sus pies y se cruzó de brazos. Lo más sorprendente de la aparición de Eduardo había sido su marcha, con la exigencia de que se reuniera con él en Barcelona en veinticuatro horas. Y que fuera por su cuenta.

Haberse visto obligada a ir a España por sí misma había sido un golpe bajo para su orgullo y él lo sabía. Si la hubiera atado, habría podido fingir que la había forzado, que era su esclava, en lugar de estar allí por los errores de su pasado y la necesidad de mantenerlos en secreto.

Pero no había nada más importante que su imagen, que el éxito que se había ganado. Que no volver nunca al lugar oscuro del que había salido.

Debido a eso, era una esclava para Eduardo y una

cobarde en lo que se refería a Zack. Hacía más de un día de su casi boda y no lo había llamado. Por supuesto, tampoco había llamado él, lo cual decía mucho de la calidad y la naturaleza de su relación.

–¿No me vas a invitar a entrar? –preguntó.

–Claro que sí –repuso él.

Cinco años atrás habían compartido aquel ático durante seis meses. Habían sido los seis meses más raros de la vida de Hannah. Había vivido con un hombre que casi no reconocía su presencia, a menos que la necesitara para una gala o para una reunión familiar.

Seis meses que ella había procurado borrar de su mente. Los había metido en su armario mental, junto con todos los demás detalles inconvenientes de su pasado, y había cerrado la puerta. Allí era donde debían estar todos sus secretos jugosos. Encerrados donde era difícil acceder a ellos.

Pero en ese momento empezaba a recordar. En su cuarto año en España había sido aceptada como becaria en Comunicaciones Vega. Allí había aprendido cómo funcionaban las cosas en una empresa importante.

Y un día, el hijo del jefe la había llamado a su despacho y había cerrado la puerta.

Allí le había dicho que había hecho averiguaciones y había descubierto su verdadero nombre. Que no era Hannah Weston, de Manhattan, sino Hannah Hackett, de Arkansas. Que no se había graduado la primera de su clase, pues no se había graduado en absoluto.

Y, entonces, con una arrogancia suprema, le había dicho que su secreto estaría a salvo si se casaba con él.

Y Hannah había aceptado porque no había nada en el mundo que pudiera empujarla a perder el terreno que había ganado.

Eduardo se hizo a un lado y ella entró en el ático, sin preocuparse de la maleta. Las cosas habían cambiado de sitio. Los muebles eran nuevos, pero seguían siendo negros y elegantes. Los electrodomésticos de la cocina también eran nuevos.

Pero las vistas eran las mismas. Los chapiteles de la catedral elevándose por encima de edificios de ladrillo hasta tocar el cielo despejado. Siempre le había gustado aquella ciudad.

Había odiado a Eduardo por obligarla a casarse, y después se había instalado en su casa y había empezado a pensar que quizá el matrimonio forzado no era tan malo, después de todo. Aquella casa amplia, lujosa y refinada, no se parecía a ninguna de las que había conocido.

Había conseguido ir a la universidad, pero seguía viviendo con muy poco presupuesto. Y Eduardo le había enseñado el lujo que ella no había visto nunca.

Eso le había dado algo a lo que aspirar.

—Todo está... muy bien —era surrealista. Ella jamás había vuelto a un lugar. Cuando se marchaba, se marchaba. De su hogar de la infancia, de España o de su apartamento de Nueva York.

—Lo actualizamos un poco. Pero tu habitación sigue disponible.

—¿No has tenido otras esposas temporales en mi ausencia?

—No. A diferencia de algunos, yo creo que tener más de una esposa a la vez es ser demasiado ambicioso.

—Sí, bueno, tú sabes que no era mi intención tener más de un marido —repuso ella—. Zack es un buen hombre, ¿sabes? —miró la puerta abierta y su maleta, que seguía en el pasillo—. Una de las pocas personas buenas de verdad que he conocido. Odio haberle hecho eso.

–¿Has hablado con él?

–No.

–Quizá deberías...

Ella apretó los dientes.

–No sé si será buena idea. Además, él no me ha llamado ni ha ido a mi casa, así que quizá no le importe –aquello le dolía un poco.

–Si cree que has desaparecido, puede que envíe a alguien a buscarte. Pensaba que no querrías dar publicidad a nuestro matrimonio. O, mejor dicho, a por qué huiste de tu boda. Pero a mí me da igual.

Hannah lanzó un juramento y sacó el teléfono de su bolso.

–Muy bien. Pero Shelby habló con él –se mordió el labio inferior y miró la pantallita. Había un mensaje de Shelby.

–¿Y tú has sabido algo de él?

–No –Hannah no se podía imaginar a Zack en el papel de novio abandonado y desesperado. Era un buen hombre, pero tenía su orgullo. Abrió el mensaje de Shelby y le dio un vuelco el corazón–. Zack no estaba en el hotel cuando llegó mi secretaria.

–O sea, que todavía no ha sabido nada de ti.

Ella apretó el teléfono con fuerza contra su pecho. Eduardo la miraba con atención. Necesitaba un momento a solas.

–¿Por qué no metes mi equipaje? –preguntó.

Él entrecerró los ojos, pero hizo lo que le decía y cerró la puerta.

Ella miró su teléfono.

–¿Tienes miedo? –preguntó él.

–No –murmuró Hannah. Abrió la pantallita de los mensajes y escribió el nombre de Zack. No sabía qué decirle–. ¿El manual de caballerosidad no dice nada de esto? –preguntó.

Eduardo se cruzó de brazos y se apoyó en el respaldo del sofá.

–Creo que los dos tenemos que aceptar que el honor no es lo nuestro.

–Menos mal que nunca he pensado demasiado en el honor –murmuró ella.

Pero en aquel momento sí lo hacía. O, al menos, sí pensaba en cómo le había complicado la vida a Zack. Lanzó un gruñido.

Siento lo de la boda, Zack.

Apretó el botón de Enviar con un gemido.

–¿Qué le has dicho?

–Todavía nada.

Abrió otra ventana de texto.

He conocido a otra persona y..., se detuvo y miró un instante a Eduardo. *Lo quiero.*

Cerró los ojos y pulsó Enviar. Quería que Zack pensara que se había dejado llevar por los sentimientos. Los dos se mostraban tan cínicos en relación con el amor que tal vez hasta le resultara gracioso. En realidad, esa había sido la base de su relación. Zack quería una esposa y la estabilidad que conllevaría el matrimonio, pero quería una esposa que no lo importunara porque trabajara muchas horas y que no quisiera hijos. Ni amor.

Los dos estaban hechos el uno para el otro.

–Ya está. Espero que estés contento. Acabo de estropearlo todo con mi mejor posibilidad de tener un final feliz.

–Dijiste que no lo amabas –le recordó Eduardo.

–Lo sé. Pero me gusta. Lo respeto. ¿Cuántas veces encuentras eso en un matrimonio?

–No lo sé. En el mío solo tuve habitaciones separadas y chantaje. ¿Qué excusa le has dado?

–Le he dicho cuánto te amo, querido mío –dijo ella con rabia.

Eduardo se echó a reír.

–Siempre has sabido mentir muy bien.

–Pues con esta mentira no me siento bien.

–¿Y con las otras sí te sentías?

Hannah no conocía la respuesta.

–Nunca pensé en cómo me sentía. Solo en si eran necesarias o no. Además, no miento de manera habitual.

–¿Solo mientes de vez en cuando en cosas muy importantes?

–Todas las solicitudes de trabajo empiezan con preguntas sobre la universidad. ¿Y acaso no tuve unas notas casi perfectas allí? ¿No fui una buena becaria en Comunicaciones Vega? No miento. Nadie quiere saber nada del instituto.

–¿Y tu prometido?

–Nunca hizo muchas preguntas. Le gustaba lo que sabía de mí.

Y ninguno de los dos sabía gran cosa. Zack y ella nunca se habían acostado juntos. No por falta de atracción. A ella la atraía, pero había sentido la necesidad de mantener ese tipo de control hasta que las cosas fueran legales y permanentes entre ellos.

Era mucho más fácil negarse el sexo que acabar donde había estado nueve años atrás.

–Las mentiras por omisión también son mentiras, querida.

–Entonces todos somos mentirosos.

–Eso es muy cierto.

–Enséñame mi habitación –dijo ella, con un tono imperioso que había perfeccionado con los años–. Estoy cansada.

Él sonrió y Hannah tuvo que reprimir las ganas de darle un puñetazo.

–Por supuesto, querida.

Tomó la maleta y ella lo siguió a la habitación. La colcha era diferente. Era de color oscuro, con cojines plateados, a juego con las cortinas nuevas de raso. El pesado escritorio seguía aún en el mismo rincón.

–Es... perfecto –dijo ella.

–Me alegro de que te guste. Recuerdo que te dio un poco de vértigo la primera vez.

–Era la habitación más hermosa en la que había estado nunca –repuso ella, optando por mostrarse sincera por una vez–. Las sábanas eran... un paraíso.

–¿Las sábanas?

Hannah carraspeó.

–Me gustan las sábanas de calidad. Y tú las tienes.

–Pues ahora puedes volver a vivir aquí. Y tener la ventaja de las sábanas.

Ella enarcó las cejas.

–Mi prometido era multimillonario, ¿sabes?

–Sí, lo sé. Yo no esperaría menos de ti.

–No sé qué pensar de tu valoración de mi carácter, Eduardo. No muestras sorpresa ni por la situación financiera de Zack ni por que no estuviéramos enamorados.

–Eres una mercenaria. Yo lo sé y tú lo sabes. No es sorprendente.

Si por mercenaria se refería a que hacía lo que fuera necesario para triunfar, Hannah era una mercenaria.

Había tenido que serlo para salir de la vida en la que había nacido. Para superar las devastadoras consecuencias de sus actos juveniles. Y nunca había perdido el sueño por eso. Pero, por alguna razón, resultaba perturbador que ese hecho resultara tan evidente para Eduardo.

–¿Es mercenario intentar mejorar la calidad de tu vida? –preguntó.

–Depende del camino que sigas.

–Y los recursos que tienes disponibles son un factor importante al decidir qué camino seguir.

–Lo creas o no, Hannah, yo no te juzgo.

Ella puso los brazos en jarras.

–No, tú solo me utilizas.

–Como tú has dicho, haces lo que tienes que hacer para mejorar la calidad de tu vida –la expresión de él era extraña. Tensa. Oscura.

Ella apartó la vista.

–Tengo que hacer algo.

–¿De qué se trata?

Ella se miró la mano izquierda, el enorme anillo de compromiso que le había dado Zack unos meses atrás. Se lo quitó y una extraña sensación la envolvió como un viento fuerte. Tristeza, pero también alivio.

–Tengo que enviarle esto a Zack –lo alzó y se dio cuenta de que le temblaban las manos. No podía quedárselo ni un segundo más. Podía ser mercenaria, pero no era una ladrona. No le haría más daño a Zack del que ya le había hecho.

–Puedo pedirle a alguien que lo haga –dijo él–. ¿Sabes dónde está?

–En Tailandia –contestó ella, sin vacilar–. Íbamos a ir allí de luna de miel.

–¿Y crees que ha ido solo?

Hannah sonrió.

–Tenía negocios allí, así que creo que sí. Él no permitirá que algo nimio como la interrupción de un matrimonio le impida lograr sus objetivos.

Eduardo la observó con atención.

–Quizá era el hombre perfecto para ti.

–Sí, bueno, intentaré superarlo –ella le tendió el anillo–. Tengo la dirección de la casa donde nos íbamos a hospedar.

–Bien. Llamaré a un mensajero –repuso él.

–Muy bien –Hannah se volvió hacia el escritorio y buscó papel y un bolígrafo. Anotó la dirección de Tailandia y le tendió la nota–. Ahí está.

–Me sorprende que no quieras conservar el anillo –comentó Eduardo.

–¿Por qué? No me parece bien quedármelo. He sido yo la que le ha hecho daño a él.

–Cuidado, Hannah. O puedo empezar a pensar que has desarrollado una conciencia en este tiempo.

–Siempre la he tenido –repuso ella–. A veces ha sido un inconveniente.

–No demasiado.

–Oh, ¿qué sabes tú de conciencia, Eduardo?

–Muy poco. Solo que a veces adopta la forma de un grillo.

Ella se echó a reír a su pesar.

–Eso es verdad. Por eso, si le envías mi anillo, te lo agradeceré.

–Llamaré ahora mismo –él se volvió y salió de la estancia.

Hannah se sentó en la cama con la mente en blanco. No sabía lo que debía sentir. Por qué de pronto se sentía más aliviada que molesta por haber dejado atrás a Zack. El matrimonio con él habría estado bien, pero, cuando pensaba en la luna de miel, no era a Zack al que se imaginaba compartiendo su cama, sino a alguien más moreno, más... intenso. El hombre que veía era Eduardo.

Hannah se tumbó de espaldas y se cubrió la cara con las manos.

–¡Basta!

Se colocó de lado, tomó una almohada y la apretó contra su pecho.

Eduardo siempre había sido atractivo. Siempre le había gustado. Eso no era nuevo. Pero nunca había hecho nada con aquella atracción. Ella no se desviaba de sus planes. Lo importante era eso, no la cara atractiva y el físico sexy de Eduardo.

–¿Estás bien? –preguntó él, desde la puerta.

Ella volvió a sentarse, con la almohada apretada todavía contra el pecho.

–Muy bien.

Eduardo no pudo reprimir una sonrisa. Hannah Weston tirada en su cama como una adolescente. Era una muestra de suavidad, de humanidad, que no se esperaba en ella. Como su reacción cuando él había mencionado a su prometido o como cuando había renunciado al anillo.

Le convenía pensar que Hannah estaba por encima de los sentimientos humanos. La necesitaba. Y para él era más fácil creer que ella tomaría la opción que más le convenía, sin remordimientos.

Pero ella no se comportaba así. Y eso le producía a él una extraña punzada en el pecho.

Hannah se levantó de la cama y dejó la almohada en su sitio. Carraspeó y se enderezó. Por un momento pareció... blanda. Distinta de como la había visto antes. Era hermosa, sin duda, más en aquellos momentos que de estudiante.

Seguía siendo delgada, pero sus ángulos se habían suavizado formando curvas, sus pómulos eran menos afilados y sus pechos pequeños pero redondos.

Eduardo se excitó mirándola. ¿Cuánto hacía que no le ocurría eso? Se excitaba en soledad, con una fantasía, pero ¿con una mujer? Eso hacía mucho que no le pasaba.

Ella cruzó los brazos debajo de aquellos atractivos pechos.

—Estoy lista para descubrir cuál es tu plan de acción —dijo.

—¿Mi plan de acción?

—Sí. No me gusta no saber lo que pasa. Quiero que me digas lo que has planeado y por qué.

—Mañana te llevaré a la oficina para que examines los papeles y te hagas una idea de la situación de la empresa.

—Está bien. ¿Y qué más?

Él sintió la necesidad de pincharla. De alterar su compostura de hielo, como ella alteraba la de él. Adelantó un paso y le rozó la mejilla con los nudillos. La piel de ella era suave y delicada como un pétalo de rosa.

—Esta noche, mi querida novia, cenamos fuera —a ella se le oscurecieron los ojos y separó los labios. Él no la dejaba indiferente. El cuerpo de Eduardo celebró la victoria a pesar de que su mente le recordó que aquello no tenía cabida en su acuerdo—. Pienso mostrarle a toda Barcelona que la señora Vega ha vuelto con su esposo.

Capítulo 3

EN LOS últimos cinco años, Hannah se había acostumbrado a los eventos glamurosos y a los restaurantes de lujo. Pero no a salir con Eduardo.

El recorrido en coche hasta La Playa había sido incómodo. Ella iba vestida de un modo impecable para la velada, con el cabello rubio recogido en un moño y los labios y el vestido de un color cereza intenso, perfecto para su tipo de piel.

Eduardo llevaba un traje oscuro con la chaqueta abierta y una camisa blanca con el cuello desabrochado.

Cuando llegaron a su destino, él le abrió la puerta del automóvil y a continuación le rozó la mejilla con los nudillos, como había hecho en el ático. Y al igual que entonces, ella sintió que le subía la presión sanguínea y el corazón le latía con fuerza.

Con Zack tenía una conexión y había atracción física. No se habían acostado, pero se habían besado. Bastante. Suficiente para saber que había química entre ellos. Pero en aquel momento le resultaba chistoso pensar que lo que había tenido con Zack era química.

A él había sido fácil besarlo y darle las buenas noches. Había sido fácil alejarse. Sus labios solo producían calor en los labios de ella.

Pero una mirada de Eduardo le producía fuego por todas partes.

No obstante, había vivido antes con él sin que pasara nada entre ellos. Y no había motivo para pensar que no pudiera repetirlo.

Apartó la cara, pero él le tomó la barbilla con el índice y el pulgar y le volvió el rostro hacia sí.

–No puedes actuar como si te ofendiera mi contacto –dijo–. La gente, la prensa, tienen que ver que eres mi esposa querida.

–No lo hago –ella contuvo el aliento, se acercó más a él, le bajó la mano por el brazo y entrelazó sus dedos con los de él–. ¿Lo ves?

Estaba segura de que él podía sentir los latidos de su corazón, de que conocía el efecto que tenía en ella. Pero él no presumía. No parecía preparado para lanzarle un comentario agudo ni para reírse de ella.

–Pareces muy diferente –comentó Hannah, cuando caminaban hasta donde estaba el mozo.

Eduardo ignoró su comentario y le dio las llaves al joven vestido con chaleco negro.

Echaron a andar hacia la parte delantera del restaurante, un edificio antiguo de ladrillo cuyo exterior mostraba la edad y el carácter de Barcelona. Pero por dentro había sido transformado. Elegante, sofisticado, y oliendo a dinero casi tanto como a paella. El tipo de lugar que ella habría imaginado que le gustaría a Eduardo.

El tipo de lugar que le gustaba a ella.

Un hombre vestido todo de negro esperaba en la parte delantera. Se le iluminó la cara cuando entró Eduardo.

–Señor Vega, ¿una mesa para dos?

–Sí. Esta es la señora Vega, mi esposa. Ha vuelto a Barcelona.

El hombre inclinó la cabeza a un lado, claramente

complacido de ser partícipe de una noticia como aquella.

–Bienvenida a Barcelona, señora. Nos alegra tenerla de vuelta.

Hannah sentía la mirada de Eduardo sobre ella y su
mano en la cintura. Sonrió ampliamente.

–Yo me alegro mucho de estar de vuelta.

–Bien. Por aquí.

Los guio hasta una mesa situada en la parte de atrás,
una mesa blanca brillante con bancos rojos a cada lado.
Una cortina blanca tapaba parte del banco de la vista
y daba a la mesa un aire de aislamiento y lujo.

Eduardo habló un momento con el hombre en español y después apartó la cortina para Hannah. Ella lo
miró.

–Gracias.

Miró detrás de ellos y vio que la gente los miraba
fijamente. Intentaban disimular, pero no lo hacían
muy bien. Parecían... parecían temerosos o como si
estuvieran mirando un accidente de tráfico. Hannah no
conseguía imaginarse por qué.

–Interpretas muy bien tu papel –dijo él, sin hacer
caso de los demás comensales–, pero, por otra parte,
siempre lo has hecho.

–Lo sé –replicó ella.

Interpretaba muy bien su papel. Una chica del sur de
los Estados Unidos que no había terminado el instituto,
con un acento denso como la melaza y una absoluta
falta de sofisticación, tenía que trabajar duro para encajar con el grupo de los universitarios de Barcelona. Pero
ella lo había conseguido.

Había perdido casi todo el acento, estudiado el doble de duro que los demás y perfeccionado una expre-

sión de aburrimiento que usaba en los eventos de lujo y en el ajetreo de las ciudades para ocultar el ratón de campo que era en realidad.

Solo cuando estaba sola se permitía el placer de disfrutar de las sábanas de lujo y el servicio de habitaciones, y de las demás cosas que le ofrecía su nueva vida.

–Y nunca eres modesta, lo cual confieso que me gusta bastante –dijo él–. ¿Por qué vas a serlo? Has logrado mucho y lo has hecho tú sola.

–¿Esta es la parte en la que intentas hacerte amigo mío? –preguntó ella.

Él soltó una carcajada tensa y forzada, muy distinta de la risa fácil y alegre que tenía cinco años atrás.

–No digas tonterías. ¿Por qué iba a hacer eso?

–Por nada, supongo. Nunca intentaste ser amigo mío, solo un marido falso.

–Tu marido real –la corrigió él–. Simplemente, el nuestro no ha sido un matrimonio tradicional.

–Ah, no. Eso seguro.

Llegó un camarero y Eduardo pidió uno de los menús. Hannah leyó la descripción en la carta y se le hizo la boca agua. Estaba delgada, pero eso tenía más que ver con su metabolismo que con dietas. La comida era muy importante para ella.

–¿Por qué pensaste que sería divertido casarte conmigo? –preguntó, cuando se alejó el camarero.

Eduardo movió la cabeza.

–Ahora me resulta difícil decirlo. Entonces todo era una broma para mí. Y me sentía manipulado. Resentía que mi padre se metiera en mi vida y se me ocurrió ganarle en su propio juego.

–Y me utilizaste a mí.

Él la miró sin parpadear.

–Sí.

–¿Por qué?

–Porque podía –repuso él, con una expresión rara–. Porque era Eduardo Vega. Todo en la vida existía para complacerme. Mi padre quería cambiarme y yo pensaba que era un hombre viejo y tonto.

–Y te casaste con alguien que él consideraría poco apropiado.

–Sí –Eduardo la miró–. Ahora no lo haría.

Ella lo observó con atención.

–Pareces distinto –comentó.

–¿En qué sentido?

–Mucho más mayor –Hannah bajó la vista–. ¿La muerte de tu padre ha sido muy dura para ti?

–Por supuesto. Y para mi madre ha sido... casi insoportable. Ella lo ha amado desde la adolescencia. Tiene el corazón roto.

Hannah frunció el ceño. La Carmela Vega que recordaba era una presencia sólida que los había invitado a Eduardo y a ella a comer todos los domingos durante su matrimonio. Había obligado a Hannah a conocerlos y a quererlos.

–Lo siento mucho –dijo.

–Yo también –él vaciló un momento–. Hago lo posible por ocuparme de todo. Por ocuparme de ella. Hay algo que debes saber. Lo sabrás antes o después si vas a pasar tiempo conmigo.

–¿De qué se trata? –preguntó Hannah.

Antes de que Eduardo pudiera contestar, llegó el camarero con vino y mejillones en salsa de mantequilla. Dejó ambas cosas sobre la mesa y Eduardo tomó su copa y bebió un gran trago de vino.

Cuando se marchó el camarero, dejó la copa sobre la mesa y miró a Hannah.

—Poco después de que te marcharas, tuve un accidente.

—¿Un accidente?

—En los establos de mi familia. Estaba saltando con mi caballo unos obstáculos que habíamos saltado cientos de veces antes. El caballo se paró en seco delante de uno y me tiró al suelo.

Eduardo recordaba los momentos previos al accidente, pero nada durante muchos días posteriores.

—Yo no llevaba casco. Mi cabeza golpeó el borde del obstáculo y después el suelo —le había ocurrido haciendo una cosa sencilla, una actividad corriente, que, sin embargo, le había cambiado la vida para siempre—. Es gracioso, porque por eso olvidé presentar los papeles del divorcio.

Hannah se había puesto pálida.

—No tiene nada de gracioso —comentó.

—Puedes reírte, querida. No me importa.

—A mí sí. ¿Quedaste malherido?

—Bastante. Ha habido... daños —no le gustaba hablar de eso. Odiaba decir en voz alta los problemas permanentes que le había causado el accidente porque eso hacía que parecieran reales. Definitivos. Y él no quería eso.

Cinco años después, todavía le costaba creer que estaba atrapado con una mente que lo traicionaba a menudo.

—Tengo problemas de memoria —dijo—. Y déficit de atención. Jaquecas frecuentes. Y he tenido algunos cambios de personalidad. Al menos, eso me han dicho, ya que a mí me cuesta recordar o entender el hombre que era antes.

Miró la expresión afectada y afligida de ella. Le resultaba raro verla así en lugar de tan fría e inmutable como un bloque de hielo.

—Lo he notado —dijo ella con suavidad.

—Supongo que sí —él se llevó la copa a los labios, intentando ignorar la sensación de derrota—. Pero no importa. No siento deseos de volver a ser como antes —no era del todo cierto, pero no le iba a dar razones para compadecerlo. Podía aceptar muchas cosas, pero no lástima.

—¿Por eso tienes problemas con la empresa? —preguntó ella.

—Fundamentalmente, sí. Contraté a alguien para supervisar la dirección de las finanzas y los presupuestos y a otra persona para encargarse de los impuestos. Ninguno de los dos hizo bien su trabajo y ahora me encuentro con temas que resolver y nadie en quien confiar para hacerlo.

—¿Y confías en mí? —la voz de ella sonaba incrédula.

—No sé si confío en ti, pero conozco tus más oscuros secretos. A falta de confianza, eso me parece una buena póliza de seguro.

Ella tomó otro sorbo de vino.

—Hay cosas de ti que siguen siendo iguales —comentó.

—¿Qué cosas? —preguntó él, desesperado por saberlas.

—Todavía te divierte mucho lo que tú percibes como tu brillantez.

Eduardo no pudo reprimir una carcajada.

–Si un hombre no puede encontrar nada divertido en sí mismo, la vida podría volverse muy aburrida.

Con ella, a veces se sentía normal. Le sentaba bien intercambiar bromas, tenerla enfrente como una adversaria casi amistosa. Por el momento.

–Y sigues siendo terco, arrogante y déspota –Hannah parecía casi decidida a demostrarse a sí misma que él seguía siendo el mismo.

–Como siempre.

–¿Y Comunicaciones Vega sigue siendo una broma para ti?

–¿Esa fue la idea que sacaste? ¿Que no me tomaba la empresa en serio?

Ella bajó la vista.

–Tu matrimonio conmigo fue una broma. Una broma destinada a convencer a tu padre de que te pasara las riendas de la empresa.

–Lo que prueba que siempre me he tomado en serio Comunicaciones Vega.

–¿Porque te apasiona ofrecer un servicio de telefonía móvil a cada vez más países?

–Porque es mi derecho de nacimiento. Es parte de mi legado familiar –y porque, si fracasaba en eso, no tendría nada por lo que esforzarse–. Al igual que tú, estudié bastante en la universidad. Me gané un título, me gané mi puesto. Sí, yo tuve contactos, pero tú conseguiste entrar en Comunicaciones Vega como becaria. Has conseguido hacer tus propios contactos. ¿Por qué te muestras desdeñosa solo porque mi camino estaba más establecido que el tuyo?

Ella tomó un mejillón con los dedos. Parecía pensativa.

–Me mostraba desdeñosa porque pensaba que la empresa no te importaba ni la querías en serio.

–Supongo que, como para mí era una certeza, yo no mostraba la misma evidente desesperación que se veía en ti.

Hannah se puso el medio mejillón en los labios y succionó la carne. No era un acto claramente sexy y, sin embargo, resultó extrañamente cautivador. Quizá porque sus labios parecían sensuales, invitadores y suaves.

–¿Desesperación? –preguntó. Se limpió los labios con la servilleta que tenía en el regazo–. Ambición, quizá sí.

–Si te sientes mejor así.

–Sí.

Él bajó la cabeza.

–Como quieras. En cualquier caso, puede que ahora te comprenda mejor. Tengo que arreglar esto. Comunicaciones Vega es mi familia. Mi vida.

–Antes te gustaban más otras cosas.

–Sí.

–Fiestas. Mujeres fáciles.

–A ti te fui fiel durante nuestro matrimonio.

El comentario era más cierto de lo que ella podía entender. Las consecuencias de la lesión en la cabeza habían sido muchas. Eduardo había perdido su pasión por todo. Había perdido amigos y también el ansia que había sentido en otro tiempo de divertirse, de placer, de risas.

En aquellos momentos sentía poco más que la necesidad biológica de seguir respirando. Y con ella, la necesidad de salvar Comunicaciones Vega.

Eso le daba una razón para continuar y, en aquel momento, eso era más valioso que la pasión.

Volvió el camarero con una bandeja de pescado, acompañado de arroz y verduras. Hannah no perdió tiempo en servirse. Siempre le había gustado comer. Eso era algo que siempre había fascinado a Eduardo. En las comidas en casa de su madre, ella comía siempre tanto como él. Sin embargo, siempre estaba delgada. Y él suponía, ya entonces, que su hambre no era de comida.

Estaba hambrienta de dinero. De estatus. De éxito.

Y seguía estándolo. Por eso se encontraba allí con él. Por eso había podido él exigirle que volviera a España.

–Y dime –dijo ella con ojos brillantes de malicia–. ¿Me serás fiel durante nuestra reconciliación? –cerró los labios en torno al tenedor y él sintió una presión en el vientre.

–Eso depende –contestó.

–¿De qué?

–De si esta vez compartes mi cama o no.

Hannah estuvo a punto de atragantarse con el arroz.

–¿Qué?

Eduardo se echó hacia atrás en la silla con un brillo oscuro en los ojos.

–Ya me has oído, querida. ¿Tendré que buscar diversión en otra parte o compartirás mi lecho?

–No me acostaré contigo –repuso ella.

–Entonces, supongo que la respuesta a tu pregunta no es asunto tuyo.

–No.

A Hannah no le importaba con quién se acostara él. Solo había querido pincharlo.

–Al menos estamos en la misma onda –replicó él.

¿Qué significaba eso? ¿Que no la deseaba? Aquello

la enfureció. Y no tenía motivos. La atracción y el sexo no tenían cabida en su vida. Había estado dispuesta a hacerle un hueco a Zack porque sabía que con él habría tenido el control de la situación. A los dos les gustaba el control, tener las cosas en orden, en cajitas separadas.

Eduardo nunca encajaría en una caja. No podría tenerlo a un lado y conectar con él solo cuando le apeteciera. No. Él era imposible de ignorar.

No quería acostarse con él. Había reprimido sus instintos sexuales durante nueve años y seguiría haciéndolo. Eduardo no cambiaría eso.

Por lo tanto, no debería importarle que él no la deseara. Era solo su ego el que se sentía herido.

—Mejor —dijo—. ¿Qué planes tienes para mañana? ¿Entramos sin más en las oficinas y anuncias que nos hemos reconciliado?

Él sonrió. Fue una sonrisa oscura y perturbadora que le produjo un nudo en el estómago a Hannah e hizo que le latiera con fuerza el corazón.

—¿Por qué no esperamos a ver qué ocurre? —preguntó él.

Capítulo 4

A LA MAÑANA siguiente, Hannah salió del automóvil vestida con unos pantalones ceñidos de color azul oscuro y una camisa del mismo tono abotonada hasta arriba. Tomó la bolsa de su ordenador portátil y miró a Eduardo por el rabillo del ojo. Le pareció más sexy que nunca, ataviado con un traje azul marino y con el pelo moreno levemente despeinado, como si su reconciliación se hubiera producido en el dormitorio.

Se detuvo delante de la pesada puerta de cristal del alto y moderno edificio donde estaban las oficinas y sujetó la puerta para ella.

Hannah lo miró a los ojos al pasar. Su mirada era acerada y la de él... divertida. Era la primera vez que lo veía así y la primera vez desde su reencuentro que le recordó al antiguo Eduardo.

Un peso de plomo cayó sobre su estómago al recordar de pronto por qué había cambiado.

Entró en el edificio que conocía bien. Allí había sido becaria y después la nuera del jefe. Allí había aprendido cómo se dirigía una gran empresa.

–Buenos días, Paola –saludó Eduardo a la mujer que se hallaba sentada detrás del mostrador de recepción.

–Buenos días, señor Vega –la mujer alzó la vista entonces y abrió mucho los ojos–. Hannah –dijo.

A Hannah le latió con fuerza el corazón. Nunca se había preguntado si la recordaría la gente. Nunca había vuelto a un lugar para averiguarlo.

–Hola, Paola –la mujer siempre había sido amable con ella, no se había reído de su español y siempre le había dedicado una sonrisa cuando iba a trabajar después de las clases.

Hannah se preguntó qué habría pensado la recepcionista de ella cuando «abandonó» de pronto a Eduardo y su unión de seis meses.

–¿Has vuelto? –preguntó la mujer.

–Sí –repuso Eduardo con suavidad.

–Así es –dijo también Hannah–. He vuelto –sonrió.

–Me alegro –contestó Paola–. Me alegro mucho. Estamos encantados de tenerte aquí.

–Y yo también –Eduardo no apartaba la vista de Hannah–. Ven, querida. Quiero mostrarte algunos de los cambios que he hecho.

Hannah sonrió de nuevo a Paola y siguió a Eduardo hasta el primer ascensor de la derecha.

–Muy convincente –dijo él, sonriendo.

–Soy una buena actriz, no lo olvides –repuso ella.

–¿Por qué no te fuiste a Hollywood en lugar de buscar una carrera en las finanzas? No habrías tenido que falsificar tu historial escolar.

Hannah carraspeó.

–Demasiado azar en esa profesión. No me gusta el azar, me gusta la certeza. El control. Algo que pueda lograr trabajando duro. La suerte nunca ha estado de mi parte, así que pensé que no debía hacer un plan que incluyera la suerte.

–¿Estás diciendo que nuestra asociación no ha sido afortunada para ti?

Hannah apretó los dientes, pensando en la carta de recomendación que la había ayudado a entrar en la empresa en la que quería trabajar en Nueva York. Una carta del Departamento de Recursos Humanos de Comunicaciones Vega.

–No ha sido desafortunada del todo –contestó–. Pero tienes que admitir que ser secuestrada el día de tu boda no es buena suerte.

Él soltó una risita cuando paró el ascensor.

–Eso depende.

Se abrieron las puertas y él salió delante. Hannah lo siguió.

–¿De qué?

–De lo que sientas por la persona con la que te vas a casar.

La planta estaba silenciosa, prácticamente vacía. Los despachos más altos del edificio estaban reservados para los jefazos de la empresa y, en aquel momento, Eduardo era el jefe supremo.

Abrió la puerta del despacho que había sido de su padre y Hannah sintió una opresión de emoción en la garganta. No estaba acostumbrada y no le gustó.

–No tienes que abrirme las puertas, ¿sabes? –entró en la estancia–. Yo sé que no eres un caballero.

Él enarcó una ceja y cerró la puerta detrás de ellos.

–No voy a intentar convencerte de lo contrario.

–Obviamente.

–Está bien, Hannah –él se acercó al escritorio, se sentó y tocó algunas teclas. La pantalla plana que había sobre la mesa cobró vida–. Esto es lo que tenemos que ver.

–¿Qué es esto?

–Registros financieros de los últimos años.

–Necesito sentarme –dijo Hannah.

Eduardo se levantó de la silla del ordenador y ella pasó a su lado e intentó ignorar el estremecimiento de placer que sintió cuando se rozaron.

–¿Qué es lo que ocurre exactamente?

–Hay ciertas cosas que son más problemáticas para mí –explicó él–. Entre ellas está recordar cifras y fechas. Pero no sería un problema tan grande si no hubiera contratado a alguien que no ha hecho su trabajo.

–¿Adrede o por motivos delictivos? –preguntó ella. Abrió el informe financiero del año anterior.

–No estoy seguro del todo.

–Bueno, la incompetencia debería ser delito –repuso ella, ojeando los números.

–¿Por qué fracasaste en el instituto? –preguntó él, de pronto–. Los dos sabemos que eres muy capaz de esforzarte.

Hannah notó un nudo en el estómago e intentó apartar de sí el dolor que sentía siempre que recordaba aquella época. Intentó situarse firmemente en el presente, como Hannah Weston, no la Hannah que era entonces.

–No lo intenté –repuso.

–Eso tampoco parece propio de ti.

–Sí, bueno, tampoco tomar decisiones financieras estúpidas parece propio de ti y, sin embargo, aquí estamos.

Lo miró un momento. La expresión de él era dura y apretaba los labios en una línea sombría. Hannah sabía que había ido demasiado lejos, pero no estaba dispuesta a abrir la puerta de su pasado. No podía.

Él agarró los brazos de la silla de ella y la volvió hasta que quedó frente a él.

–¿Decisiones estúpidas? ¿Así es como lo llamas tú?

–Solo quería probar algo –ella apartó la silla y se puso de pie. La idea era quedar al nivel de él, pero como sus ojos quedaron a la altura del pecho de él, lo único que consiguió fue comprobar que, incluso con tacones de diez centímetros, era mucho más pequeña que Eduardo.

–Entonces no te importará que tome otra –él le rodeó la cintura con los brazos y la atrajo hacia sí. Los pechos de ella entraron en contacto con su torso. Eduardo le pasó un pulgar tembloroso por el labio inferior, en un gesto sorprendentemente gentil teniendo en cuenta la rabia que ardía en sus ojos.

Su rabia era palpable y, en cierto modo, satisfactoria. Ella lo había llevado al límite con sus palabras. A él le temblaban los músculos. Hannah esperaba que la besara con fuerza, con rabia.

Pero no fue así.

Él bajó la cabeza, con sus labios a un aliento de los de ella. Ella dejó de respirar y concentró toda su atención en él. ¡Estaba tan cerca! ¡Tan tentador! Inclinó la cabeza para que sus bocas se encontraran. Cedió ella.

Los labios de él eran calientes y firmes. Y de pronto, ya no la sujetaba. Ella se había derretido contra él. La lengua de él jugaba con la comisura de sus labios y, cuando ella los abrió, la inundó un calor que tensaba su vientre y hacía que sintiera pesados los senos. Alzó las manos y las colocó en el duro pecho de él.

Eduardo profundizó el beso y la abrazó con más fuerza. Ella gimió y apartó las manos. Cuando sus pechos se encontraron con el torso de él, suspiró. Le echó los brazos al cuello y deslizó los dedos en su pelo para atraerlo hacia sí.

Él la devoraba y ella le devolvía el favor. Nunca se habían besado así. Solo habían intercambiado castos besos en público.

Pero en ese momento no estaban en público, y no había control. Ni pensamientos. Hannah no intentó retener ninguna de las dos cosas, solo quería ahogarse en su beso.

Luego, tan repentinamente como la había abrazado, él la soltó. Sus ojos se habían convertido en fosas negras que parecían atraerla y repelerla al mismo tiempo. Y ella se dio cuenta de que no tenía ni la mitad de control sobre él que tenía él sobre ella.

—Lo que quería probar —dijo él, con voz tensa, forzada—, es que puede que no te guste y que quieras creer que soy estúpido, pero los dos sabemos que yo tengo el poder aquí.

Ella respiró con dificultad.

—Eres un bastardo.

—No lo olvides. No soy un chico al que puedas manipular. No soy el imbécil que era antes y que podía dejarse distraer por una cara bonita —se apartó de ella y se dirigió a la puerta—. Comunícame lo que encuentres.

Hannah no contestó. No podía. En cuanto se quedó sola, golpeó el escritorio con el puño para que el dolor aliviara el ardor de la humillación que se había apoderado de ella.

Nunca más volvería a permitir que la pusiera en ridículo de aquel modo. Jamás.

Eduardo se pasó una mano temblorosa por la cara. No había sido su intención hacer aquello. Ni tocarla, ni besarla ni, mucho menos, perder el control.

Lo había empujado la rabia. Primero, la rabia y, después, la caliente lujuria que le había hecho perder el control.

Le ardía el cuerpo. Hacía cinco años que no tocaba a una mujer. Pero no era solo por eso. Había algo en él que no conocía. Una parte impredecible que no podía controlar ni anticipar.

No comprendía al hombre que había sido y no conocía al hombre que era.

Aquello no tenía que funcionar así. Ella no tenía que atraer a aquel nuevo lado oscuro suyo. Ella tenía que recordarle el tiempo fácil y ligero de antes. Tenía que ayudarle a recuperar aquellas sensaciones.

Además de eso, la necesitaba para que le ayudara a enderezar la economía de la empresa y no podía permitirse distraerse. No tenía control sobre los efectos del accidente, sobre la pérdida de memoria ni las migrañas. Pero sí podía controlar la reacción de su cuerpo hacia ella.

Apretó los dientes y volvió a entrar en el despacho. Hannah se volvió con un sobresalto.

—Por lo que más quieras, llama antes —gruñó.

—Es mi despacho.

Ella se volvió de nuevo hacia la pantalla.

—No es tan grave —dijo después de un momento.

—¿Tú crees?

—Sí. El dinero que debes por los últimos impuestos... Con eso no puedo ayudarte. Fue obra de un empleado muy malo y me alegro de que haya sido despedido. El resto es manejable. Puedo recomendar algunas estrategias de inversión y ahorro y, además, hay algunas deducciones de impuestos que podrías aprovechar y asegurarte de que tus empleados tengan más beneficios.

–Haces que parezca fácil.

–Lo es –repuso ella–. Cuando es tu área de experiencia. ¿Me puedes explicar qué es lo que anda mal contigo exactamente? Necesito saberlo para ayudarte a crear un sistema.

Eduardo odiaba aquella palabra. «Ayudar». Tenía que ser él el que ofrecía ayuda, la persona a la que acudía la gente. Era el hombre de la familia Vega. No tenía que ser el necesitado.

–Las cifras y las fechas se invierten cuando las leo. Y me cuesta mucho recordarlas. Y mi periodo de concentración se ha... reducido. Me cuesta leer algo durante mucho rato. Me es más difícil retenerlo.

–¿Creen que eso cambiará alguna vez?

Eduardo se encogió de hombros.

–Probablemente no, pero es imposible saberlo.

Hannah colocó ambas manos en la mesa y se levantó de la silla.

–Lo que me gustaría hacer es implementar un sistema que te resulte fácil seguir. Luego quiero asegurarme de que encuentres directores financieros competentes y dignos de confianza. Pero solo cuando esté todo corregido, claro.

–Siempre has sabido pensar con rapidez –comentó él.

Ella sonrió

–Es mi trabajo. Y lo hago bien.

–Por eso fui a buscarte.

–Por eso y por lo que sabes de mí.

–Un hombre no puede ir a la batalla desarmado.

Ella carraspeó y alzó la barbilla.

–Dudo de que nadie te acuse a ti de eso.

–Me halaga tu comentario.

–No te sientas halagado o tendré que volver a golpearte en tu ego.

–Comprendo. O sea, que intentas rebajarme un poco en un intento por llevar la delantera. Pues no funcionará. No tengo tanto ego como crees. El estatus social no significa nada para mí. Hace tantos años que no intento impresionar a amigos o a mujeres que ya no me acuerdo de por qué me molestaba antes en hacerlo. Aunque ese olvido también podría ser un efecto secundario de mi herida en la cabeza.

Ella apretó los labios.

–¿No te gusta que bromee sobre el accidente? –preguntó él.

Ella se encogió de hombros.

–Es tu trauma. Puedes enfrentarte a él como quieras.

–Ya me he enfrentado a él –repuso Eduardo, con más dureza de lo que era su intención. Era mentira–. Me he enfrentado a la muerte de mi padre, a intentar procurar que mi madre y mi hermana estén contentas y cuidadas. Y ahora me estoy enfrentando con arreglar lo que se ha estropeado en la empresa.

–Y yo estoy aquí para ayudarte a hacerlo –ella enarcó las cejas rubias–. Presionada, pero estoy aquí. Y estoy ayudando.

Por alguna razón, esa vez a Eduardo no le molestó la palabra «ayudar».

–Es cierto –dijo.

Capítulo 5

HANNAH se apoyó en la barandilla de la terraza del ático y contempló la ciudad. El cielo estaba oscuro, las estrellas taladraban agujeros en la negrura, y, debajo, Barcelona estaba iluminada. Los automóviles llenaban todavía las calles; la gente se dirigía a clubs y restaurantes.

Hannah respiró hondo y un aire cálido llenó sus pulmones. Olía a sal, al mar, pero no era el mismo olor que en San Francisco o Nueva York. Allí parecía más especiado, más rico. Siempre se lo había parecido así. Siempre la había afectado de un modo diferente. Como si le pidiera que abandonara su control y se dejara ser libre.

Y ella siempre se había negado.

—¿Te cuesta dormir?

Hannah se volvió y vio a Eduardo apoyado en el dintel de la puerta. Se había cambiado la ropa de trabajo por unos pantalones negros de chándal y una camiseta ceñida que resaltaba su torso musculoso.

—Sigo un poco alterada por el cambio horario —repuso ella.

—Dime qué has hecho estos últimos cinco años —le pidió él.

—Trabajar. Estuve tres años en Nueva York, trabajando en Wall Street y después me mudé a San Francisco. Empecé a conseguir una buena base de clientes en la empresa con la que estaba, a trabajar en administración financiera e inversiones. Lo más duro era que los jefes, los compañeros y los clientes siempre parecen pensar que soltera significa disponible. Por eso, cuando conocí a Zack hace un año, me pareció perfecto. Podía casarme y hacer mi trabajo sin tanto acoso sexual.

–¿Y te ibas a casar con él solo por eso? Odio ser yo el que te diga esto, pero los acosadores también acosan a las mujeres casadas.

–Claro que sí, pero Zack tiene influencia. Es rico. Solo un hombre muy valiente intentaría cazar en su territorio.

Eduardo soltó una risita.

–¿Como yo? –preguntó.

–Sí. Valiente o estúpido.

Él la miró a los ojos.

–¿Recuerdas lo que pasó la última vez que usaste esa palabra?

Hannah sintió calor y vergüenza. Calor por el recuerdo del beso y vergüenza por haberlo insultado.

–No volveré a hacerlo –declaró.

–Bien.

Eduardo se acercó a la barandilla y apoyó los brazos en la superficie de metal. Estaba descalzo. Hannah pensó que en aquel momento parecía más humano que de costumbre.

–¿Pensabas tener familia con él? ¿Hijos?

–No. Nada de niños.

–¿No los quieres? –preguntó él.

–No. Nunca. ¿Qué haría yo con un bebé? –ella se rio. Y reprimió con fuerza el dolor que se agarraba a su vientre. Los recuerdos.

–Criarlo, supongo.

Ella tragó saliva.

–¿Tú quieres hijos? –preguntó.

–No –contestó él.

–No es práctico para la gente como nosotros –comentó ella.

Había tenido una conversación muy parecida con Zack. Y había percibido en su respuesta la misma oscura pena que intuía en ese momento en la de Eduardo. Por eso no lo había presionado para que le contara sus secretos. Porque estaba segura de que compartían algo muy parecido, muy doloroso.

–Por supuesto que no –dijo Eduardo.

–Pensábamos ser compañeros. Ayudarnos mutuamente. Es bueno tener un compañero en la vida.

–Supongo que sí –contestó él–. Pero yo no quiero vivir así.

–¿No?

–No. Prefiero poder ser independiente. Si tuviera una esposa... querría cuidar de ella.

–No todas las mujeres necesitan que las cuiden –repuso Hannah. Pero se preguntó por un momento cómo sería tener a alguien que compartiera parte del dolor, alguien que conociera todos los secretos. Que compartiera todos los miedos. Alguien que la protegiera.

Una idea tonta. Ella no quería eso. Solo podía confiar en sí misma.

–Es como creo que habría que hacerlo –replicó él–. Mis padres lo hicieron así. Y fueron felices.

–¿Cómo está tu madre?

–Sufriendo. Ha sentido mucho la muerte de mi padre.

–Lo siento. Tus padres eran... Digamos que ellos eran el único lugar en el que yo he visto amor.

–¿El único lugar? ¿Y tus padres?

¿Qué tenía de malo contarle un poco? Ya sabía más de ella que ninguna otra persona.

–No lo sé. No creo que llegaran a casarse. Cuando tenía tres años, mi madre me dejó en la caravana de mi padre y nunca volvió. Y él no sabía qué hacer con una cría. Supongo que lo intentó. Pero él mismo era un desastre.

Eduardo frunció el ceño.

–¿Tu madre te abandonó?

Hannah asintió.

–Viví en una sucia caravana. El parque en el que estaba tenía un carril de tierra y, cuando pasaban los camiones, levantaban nubes de polvo. Casi era una suerte tener solo padre. En mi casa no había peleas. Oía cómo se gritaban los vecinos. Mi padre nunca gritaba. Pero tampoco hablaba casi.

Ella podía pasar la noche fuera y él apenas si enarcaba una ceja cuando ella llegaba a casa a la hora del desayuno. Todavía podía verlo, con un bol de cereales en una mano y una cerveza ya en la otra.

–¿Cómo eran las sábanas? –preguntó él.

–No tenía. Solo un colchón en el suelo y una manta. A veces iba en autostop a una lavandería para poder lavar mi manta y mi ropa –movió la cabeza–. ¿Quién quiere esa vida?

Eduardo frunció el ceño.

–Nadie. ¿Por eso borraste tu pasado?

Hannah tragó saliva.

–Es una de las razones. Pero no quiero entrar ahí –una cosa era hablar de sus padres, de las cosas que habían estado fuera de su control. De la pobreza, el abandono... Eso podía hacerlo.

Pero ella también había cometido errores.

—Me parece bien —él miró las vistas—. Dime, ¿cómo es alejarse de todo? —su voz era ronca, sincera.

—Es... como salir de la cárcel —contestó ella—. O como yo me imagino que debe de ser eso. Te pasas el tiempo en un lugar que sabes que no está bien y, sin embargo, tienes que quedarte. Hasta que un día sales a la luz del sol y sabes que no volverías nunca aunque te dé miedo seguir adelante.

—¿Cómo acabaste en España? ¿Por qué aquí?

—Quería ir muy lejos. Quería salir del país porque...

—Porque te sería más fácil falsificar tus datos académicos.

—Sí. Aunque la falsificación era buena, y para entonces me había cambiado ya legalmente el nombre.

—¿Y de dónde sacaste el dinero para hacerlo?

De los quince mil dólares de los que nunca quería hablar. Quince mil dólares en los que intentaba no pensar nunca. Con ellos había comprado documentos, un billete de avión y un pasaporte con su nuevo nombre.

Un regalo. El dinero había sido un regalo, no un pago, porque ¿cómo poner precio a lo que había dado ella? Al menos, eso era lo que le habían dicho los Johnson, la pareja de New Hampshire que había adoptado a su bebé. También habían pagado la tarifa por la adopción legal y la factura del hospital de ella, pero al final habían querido hacer más. Ofrecerle un nuevo comienzo para que no acabara volviendo al mismo lugar.

Lo habían hecho y ella les estaba agradecida por ello. Pero pensar en eso la llenaba todavía de dolor y culpabilidad.

–De una amiga –dijo. Era mentira, pero era el tipo de mentira al que estaba acostumbrada. El tipo de mentira que ocultaba el pasado.

–Una buena amiga.

–Oh, sí. Muy buena –Hannah carraspeó–. Y tú, ¿cómo es tener un lugar que puedes llamar tuyo? ¿Cómo es sentirse en casa?

–Antes no había pensado mucho en eso. Siempre lo daba por sentado. Comunicaciones Vega era mía, mi posición en la sociedad y en mi familia estaba asegurada. Ahora que sé lo que es sentirme como un extraño conmigo mismo, me gustaría haber sabido apreciarlo más.

Se produjo un silencio y ella cerró los ojos y escuchó el tráfico de abajo y una música que sonaba cerca.

–Estoy cansada –mintió–. Buenas noches, Eduardo. Nos vemos mañana en las oficinas.

Capítulo 6

TU ESPOSA ha vuelto y no se lo has dicho a tu madre?

Eduardo miró a Hannah, que estaba sentada a su escritorio.

–Lo siento, mamá –contestó–. Ha sido muy repentino. He estado intentando... disculparme –meter a su madre en la farsa no era lo ideal, pero haría lo que hubiera que hacer. La había evitado durante semanas, pero aquello, claramente, ya se había acabado.

–¿Disculparte por qué? Fue ella la que te dejó sin una palabra. Después de seis meses de matrimonio, acabasteis divorciados –la mujer pronunció la palabra como si fuera algo muy feo.

–Ah, sí, pero nunca nos divorciamos. Hannah y yo estamos tan casados hoy como aquel día en la catedral.

Hannah alzó la vista del ordenador y lo miró con dureza.

–¿Qué? –preguntó con los labios.

Él tapó la bocina con la mano.

–Mi madre –dijo, también con los labios–. Iremos a verte este fin de semana –dijo en el teléfono–. De hecho, ¿por qué no pasamos el fin de semana en la finca? Trae a Selena, por supuesto.

Hannah alzó las manos en el aire con los ojos muy

abiertos. Eduardo le sonrió y ella se llevó las manos a la garganta como si se estrangulara sola y lo señaló con el dedo. Él reprimió una carcajada y escuchó la respuesta de su madre.

—Nos vemos entonces –dijo, interrumpiendo las protestas de la mujer. Sabía que su madre accedería a sus deseos. Ella nunca lo decepcionaría.

—¿Por qué has hecho eso? –preguntó Hannah.

—Porque es lo que haría si nos reconciliáramos de verdad, lo que significa que es lo que debemos hacer para que parezca una reconciliación. ¿Lo entiendes?

—No, no lo entiendo en absoluto. ¿Por qué te molestas en meter a tu madre y a Selena en esto? No es... justo.

—¿Para ellas o para ti?

—Para nadie. Oye, tu familia me gustaba mucho. Fueron buenos conmigo y no me gustó mentirles. No quiero repetirlo.

—Le estás ahorrando a mi madre la posibilidad de perder Comunicaciones Vega. Creo que te perdonará.

—Voy a ser sincera contigo. No creo que corras peligro de perder la empresa. Las cosas no están tan bien como hace unos años, pero eso les pasa a muchas empresas. Y, además, tus bienes personales están bastante saneados. En cuanto tengas un administrador financiero...

—Pero si no creamos un sistema...

—Lo haremos.

Hannah se levantó y se puso las manos a la espalda.

—Más vale –replicó él.

—Tengo confianza en que se nos ocurrirá algo –ella dio la vuelta a la mesa. Seguía enfadada. Cuando estaba enfadada, movía más las caderas y apretaba los labios–. ¿De verdad tenemos que pasar el fin de semana con tu familia? –preguntó.

–Sí. Mi madre no cederá, lo sabes tan bien como yo. Y creo que a los dos nos hará bien salir de la ciudad –Eduardo le puso las manos en los hombros y disfrutó del calor de su cuerpo a través de la fina blusa–. Estás muy tensa –movió el pulgar sobre el músculo de ella y notó lo tensa que estaba en realidad.

–¡Ay! –exclamó Hannah.

–Dentro de un momento te sentirás mejor –dijo él. Movió el pulgar en el otro lado y hurgó más hondo. Ella se echó hacia atrás con un gemido.

–No me siento mejor.

–Tus músculos parecen piedras. Y estar encorvada ante el ordenador no ayuda.

–Cállate, yo no estoy encorvada.

–Sí lo estás –él le masajeó los hombros hasta que sintió que se relajaban un poco, hasta que ella empezó a entregarse al contacto. Le apartó el cabello rubio a un lado y le subió el pulgar por la parte de atrás del cuello. Esa vez, el gemido de ella sonó complacido y sexy.

–Sí, justo así –dijo, arqueándose ante el contacto de él, en lugar de intentar escapar.

–Me gusta que digas eso –él inclinó la cabeza a un lado y le dio un beso detrás del lóbulo de la oreja. Ella se puso tensa y se apartó.

–Todavía estoy enfadada –declaró.

–No importa. Eso no significa que no puedas besarme. La última vez también estabas furiosa conmigo.

Hannah se mordió el labio inferior y negó con la cabeza.

–No. No te besaré.

–¿Por qué no?

–Porque no estoy aquí para eso.

Tenía razón y él lo sabía. Y él había pensado lo mismo hasta que la había tocado.

–Es verdad. Pero mezclar un poco de placer con el trabajo no tiene por qué ser malo.

–Puede que no, pero normalmente lo es.

–Lo dice la voz de la experiencia.

–No, soy demasiado lista para eso. Mantengo separado el trabajo del placer. Y tú, querido, eres trabajo. Siempre lo has sido.

Mentía. Eduardo pasó su dedo por la curva del pómulo de ella y la sintió temblar bajo su contacto. En ese momento ella también sabía que mentía.

–Terminaremos el trabajo por hoy y volveremos al ático. Tenemos que salir para la finca mañana a primera hora.

Eduardo tenía un todoterreno, lo cual sorprendió a Hannah casi tanto como su insistencia en que fueran al campo con la capota bajada.

Pero el aire era cálido y el paisaje hermoso, así que no se quejaría.

–Creo que la otra vez no vine aquí contigo –comentó, compitiendo con el ruido del viento y del motor.

–No. Esta casa es nueva. La compré después del accidente. Me gustaba ir a un lugar donde pudiera pensar. Un lugar apartado de la ciudad y de la gente.

–¿Tienes caballos?

Él asintió, sin apartar la vista de la carretera.

–Sí, pero no monto. Los montan los empleados y Selena.

–Ella ya no es una adolescente, ¿verdad? –la hermana de Eduardo tenía quince años la última vez que Hannah la había visto, pero ya tendría veinte.

–No, no lo es.

–Es extraño, pero a veces parece que no haya pasado tanto tiempo desde que... Bueno, en cierto sentido. A veces también parece que todo esto fuera parte de otra vida. Y que ahora estoy en otra dimensión.

–Supongo que sería posible. Quizá yo también esté en otra dimensión y me despertaré con un terrible dolor de cabeza y habiendo recobrado la memoria.

–A veces creo que sería una bendición perder algo de memoria –musitó ella.

–¿Tan malo fue?

Hannah pensó en lo que había sentido cuando su bebé se movía dentro de ella. En el momento del parto. Cuando había vuelto la cara al sacarlo la enfermera del cuarto para no tener tiempo de memorizar su carita.

La había memorizado de todos modos. Un momento había bastado. Y no había sido suficiente.

Intentó respirar para aliviar la presión de su pecho.

–Algunas cosas sí son tan malas.

–Yo he olvidado muchas cosas que no importaban, pero no sé que no importaban. Y eso es lo peor. No saber si has olvidado algo trivial o vital. Muchas veces no sé si he olvidado algo. Podría perder un documento importante y no darme ni cuenta.

Hannah cerró con fuerza la puerta de sus recuerdos, de sus sentimientos.

–¿Te has puesto alertas? –preguntó.

–¿De qué tipo?

–Puedes ponerlas en el teléfono móvil y en el ordenador. Podemos sincronizarlas para que te recuerden en ciertos momentos del día que hay que hacer determinadas cosas.

–No lo olvido todo –repuso él con voz dura.

–Ya lo sé. Pero no siempre sabes qué es lo que olvidas, ¿verdad? Así que tienes que estar dispuesto a renunciar un poco a tu orgullo y cubrir todas las bases. Aquí no se trata de aferrarte a tu imagen viril.

–Las narices que no –gruñó él.

–Eduardo – ella suspiró–. Supera eso.

–¿Por qué? Me siento de maravilla –él sonrió y su sonrisa aligeró por un momento la pesadez del pecho de ella. Durante el resto del viaje hablaron de temas neutros, evitando los personales.

Cuando dejaron la carretera principal por otra de un solo carril que subía serpenteando por la montaña, Hannah intentó no dar muestras de nerviosismo.

–¿Te molesta la altura? –preguntó él.

–Solo un poco –repuso ella, que odiaba mostrar miedo de ningún tipo, y menos un miedo tan tonto como la altura–. Aunque, si viene otro vehículo en dirección contraria, tenemos que elegir entre la ladera de la montaña o caer por el precipicio.

–Prometo mantener las caídas al mínimo.

–Te lo agradezco.

Hannah respiró aliviada cuando la carretera se alejó del precipicio y se adentró entre los árboles. Estos se hicieron cada vez menos densos hasta dar paso a campos verdes, en un lado, y un acantilado sobre el mar brillante en el otro.

Una gran verja de hierro guardaba la propiedad del resto del mundo. Eduardo usó una aplicación de su teléfono móvil para introducir la clave y las puertas se abrieron.

—Utilizo letras en mis contraseñas —comentó—. Son más fáciles de recordar, aunque no sé por qué.

La casa estaba bastante atrás, cerca del mar, con ventanales altos que reflejaban el sol. Era una casa moderna y angular, con estuco blanco tradicional y un tejado de tejas rojas. Una mezcla de antiguo y moderno, igual que su dueño.

—Es hermosa —comentó ella—. Y tranquila.

—Lejos del ruido —contestó él. Pulsó otro botón del móvil, se abrió la puerta del garaje y metió el coche.

—Muy tecnológico —comentó ella.

—Me facilita la vida.

—Y seguro que se nos ocurren otros modos de facilitártela todavía más —dijo Hannah—. ¿Por qué no has visto a nadie antes por este tema?

Eduardo se puso tenso.

—He visto a doctores.

—Lo sé, pero ¿has acudido a programadores o algo así con una lista de tus problemas concretos? Estoy segura de que hay modos sencillos...

—No. No pienso contarle esto a todo el mundo. No quedaré como un tonto —se miró las manos—. Dime una cosa, Hannah.

—¿Qué?

—¿Por qué me gustaba antes ir de fiesta?

—¿Qué? —repitió ella.

—¿Por qué me gustaba eso? Ahora me parece que las fiestas son ruidosas y confusas. No consigo imaginarme qué era lo que hacía que antes me gustaran y a veces pienso que, si pudiera recordarlo, podría volver a sentirlo.

A Hannah se le encogió el estómago.

—Eduardo —respiró hondo—. Te gustaba estar con gente. Que te vieran. Siempre eras el centro de atención y eso te encantaba.

Él apoyó la cabeza en el cabecero del asiento.

—No puedo sentir eso —comentó.

Salió del automóvil y se dirigió a la casa. Solo. Hannah se quitó el cinturón de seguridad y lo siguió.

El lujo de la familia Vega la sorprendió una vez más. Vistas impresionantes del mar, suelos de mármol y una enorme escalinata curva. Luz a raudales, luz por todas partes, que le daba la sensación de seguir al aire libre.

Apretó los labios y se esforzó por no mostrarse impresionada.

—Creo que me perderé en este palacio si no tengo un guía —comentó.

Él se acercó a la puerta con rostro inexpresivo.

—Te haré una gira.

—¿No debería traer mi maleta?

—Uno de los empleados llevará el equipaje a la habitación.

—¿La habitación?

—Sí. La habitación. Nuestra habitación.

—¿Nuestra habitación? —repitió ella.

—Pues claro. Si queremos que crean que esto es una reconciliación, no podemos dormir cada uno en un lado del pasillo.

—Pero...

—Tranquila, querida. Tendremos habitaciones con una puerta en común. No soy tan ruin como para intentar obligarte a compartir mi cama. Pero tendremos que tener cuidado de que no sospechen que no duermes conmigo.

Hannah lo siguió por el vestíbulo, que se abría a una gran zona de estar. En la planta de arriba, él abrió unas puertas dobles oscuras y entraron en una suite impresionante.

—Confío en que esto te resulte apropiado —dijo él—. Por supuesto, esta es mi habitación. Y esa es la puerta de la tuya —señaló una puerta situada en un extremo del cuarto. Hannah se acercó a abrirla y vio una suite más pequeña pero igual de impresionante.

La cama, enorme, mostraba una colcha blanca con cintas rosas en los extremos y un montón de cojines al lado del cabecero.

Las paredes eran blancas y los suelos de mármol claro, decorados con mullidas alfombras rosas.

—Es muy rosa —musitó ella. Casi odiaba lo perfecta que era. Se volvió hacia él—. Me encanta el rosa. Mi habitación de adolescente era muy... —sucia. Oscura. Deprimente—. No era de mi gusto y yo soñaba con decorar un lugar mío de un modo femenino y resplandeciente. Así que en cuanto pude, lo hice.

Eduardo enarcó una ceja.

—Nunca me habría imaginado que te gustara el rosa.

—No, ni tú ni nadie. Pero mi vida no es un libro abierto.

—Ya lo he notado.

—¿Cuántos hilos tienen las sábanas?

—No lo recuerdo.

Ella sonrió.

—Muy bien. Leeré las etiquetas cuando te vayas.

—Creo que mi madre y Selena llegarán pronto. Por si quieres cambiarte para cenar.

—¿Mi ropa tiene algo de malo?

–¿No tienes nada que no esté diseñado para una sala de juntas?

–Pijamas rosas.

–Eso ya no me sorprende, pero tampoco puedes ponerte eso.

–Sí, tengo otra ropa.

–Estupendo. Pediré que te suban tus cosas –él se volvió, pero se detuvo al instante–. Intenta relajarte –dijo–. Puedes considerar esto unas vacaciones.

Capítulo 7

Y O NO tomo vacaciones.

Eduardo se volvió al oír la voz de Hannah.

Ella estaba al pie de las escaleras, ataviada con un ceñido vestido negro que le llegaba hasta las rodillas, con el pelo rubio suelto por una vez y cayendo en cascada sobre los hombros. Se había pintado los labios de rojo.

–¿Por qué será que eso no me sorprende? –comentó él.

–Tengo entendido que tú tampoco te tomas muchas.

Él negó con la cabeza.

–No deseo hacerlo. A menudo trabajo desde aquí.

–¿Es más fácil? ¿Hay menos distracciones?

Él asintió lentamente. Antes del accidente le gustaba trasnochar y levantarse a la mañana siguiente para el trabajo. Le gustaba estar rodeado de energía y movimiento constantes.

Pero ya no. Le gustaba la tranquilidad. La intimidad. El orden. Cuando no había orden, su cerebro era un completo caos. Se había dado cuenta de ello y se había adaptado a eso.

–Supongo que sí –contestó–. Además, es más fácil evitar las miradas de la gente. Soy el rico playboy que sufrió un horrible accidente. El público suele disfrutar viendo hundidas a algunas personas.

—Yo no veo que estés hundido. Simplemente, algunas cosas son diferentes. Nada más.

Las palabras de ella, pronunciadas con seguridad, le llegaron a Eduardo al corazón. Era extraño. Hannah no lo miraba con lástima. Al contrario. Parecía sentir desdén por él. Pero también creía en él. No por obligación ni por cariño, sino porque simplemente creía.

En cierto modo, eso era más valioso que la confianza que le mostraban su madre y su hermana. Más valioso de lo que quería reconocer.

Oyó ruido de neumáticos sobre la grava.

—Ya están aquí. Es hora de interpretar a una pareja que se quiere.

Hannah se colocó a su lado, pero dejó un ligero espacio entre sus cuerpos. No quería tocarlo, y eso molestaba a Eduardo.

Porque, si querían parecer una pareja que se estaba reconciliando, tenía que sentirse cómoda con él.

Le pasó un brazo por la cintura y ella se puso tensa un momento y después se relajó.

—Ellas siguen pensando que nuestro matrimonio fue de verdad y tienen que creer lo mismo ahora. Recuerda que estamos muy felices de haber vuelto juntos.

—Deberíamos anotar eso —susurró ella—. Se me olvida todo el tiempo.

—No podemos empezar a olvidar cosas los dos o tendremos un serio problema si ninguno puede recordar lo que pasa.

Ella se echó a reír.

—Eso está mejor —comentó él.

Hannah se preparó mentalmente para la invasión de la familia de Eduardo. No iba a ser fácil. ¿Y por qué iba a serlo? Ella les había mentido. Eduardo también. Los dos merecían desprecio, pero, por supuesto, ella sería la única que lo tendría.

Se abrió la puerta y entró Carmela, seguida de Selena. Las dos mujeres vestían de un modo elegante y sofisticado, incluidos unos guantes que se prolongaban hasta el codo y pamelas.

—Hola, Eduardo —Selena se adelantó y Eduardo soltó a Hannah y abrazó a su hermana.

Cuando se separaron, Selena miró a Hannah como si no supiera bien cómo recibirla ni qué decir. Hannah sentía la misma incomodidad.

Carmela se quedó atrás.

—Hola —musitó Hannah. Se preguntó por qué le era tan difícil, por qué le importaba. Tragó saliva—. Es un placer volver a veros. Me alegro de haber vuelto. Me alegro de estar aquí con Eduardo y con... con vosotras dos.

Carmela asintió con rigidez.

—Si él se alegra de tenerte aquí, entonces nosotras también. No hablaremos más del tema. No habrá enfado. Venid, tengo hambre —abrió la marcha hacia el comedor y Selena la siguió. Eduardo se quedó atrás.

—Si dice que no se enfadará, no lo hará. Puedes relajarte —comentó.

Hannah respiró hondo.

—Me siento como una imbécil. No me puedo creer que me obligues a hacerle esto a tu familia otra vez. ¿Cómo te puedes mirar al espejo?

La expresión de Eduardo quedó desprotegida un momento, con sus ojos oscuros desprovistos de escudos.

Era una expresión de un miedo profundo. Un miedo con el que Hannah se identificaba. El tipo de miedo que vivía en lo más profundo de ella, esperando clavarle las garras en el cuello a la primera oportunidad. Un miedo del que huía todos los días.

–Ayuda que casi no reconozco al hombre que me devuelve la mirada en el espejo –dijo él con voz sombría–. Hago lo que tengo que hacer. No puedo fracasar.

Y ella supo entonces que lo hacía por él mismo. Para probar que seguía siendo el de antes, aunque estaba claro que no lo era. Recordó la conversación que habían mantenido en el coche. Él quería comprender quién había sido, intentar volver allí.

Para hacer de sí mismo otra cosa.

Pero aquello encontraba eco en ella. Lo comprendía. Lo vivía todos los días. La necesidad de ser más de lo que era.

–Me aseguraré de que no te ocurra –dijo. Y la promesa surgió de lo más profundo de su interior, de un núcleo de sentimiento que no sabía que poseía todavía.

Eduardo asintió, le pasó un brazo por la cintura y la guio al comedor.

Hannah se sumergió despacio en el agua caliente del jacuzzi excavado en el suelo. Sus músculos agarrotados protestaban por la relajación forzosa.

Estaba estresada. La cena había sido difícil y volver a su habitación, sabiendo que habría mucha especulación, había sido aún peor. Por eso, a las once había renunciado a la esperanza de quedarse dormida, a pesar de su cama de princesa, y había sacado el bañador de la maleta.

Necesitaba unas vacaciones. Pero no allí. No con Eduardo. Pensó en Zack, no por primera vez. Era raro lo poco que lo echaba de menos. De hecho, empezaba a sentirse agradecida de no haberse llegado a casar con él.

Pero también se sentía mal. Pasó el brazo por el borde del jacuzzi y tomó su teléfono móvil, que estaba cerca. Le puso un mensaje rápido sin pararse a pensar mucho en ello.

Unos minutos después, llegó la respuesta.

Bien. Estoy con Clara.

Clara era la mejor amiga de Zack y socia de negocios. Y se la había llevado a su luna de miel, lo que demostraba lo especial que era para él

Quizá... ¿quizá su amistad había dado paso a algo más? Hannah no solía ser muy romántica, pero la ayudaba pensar que él hubiera encontrado a otra persona. Alguien mejor.

¿Lo estás pasando bien?

Era una pregunta estúpida, pero no le importaba. La respuesta de él llegó un momento después.

Mejor de lo que imaginaba.

Hannah sonrió.

Espero que seas feliz. Más de lo que habrías sido conmigo.

Vaciló antes de pulsar Enviar, pero respiró hondo y lo hizo.

Llegó otra respuesta.

Sé feliz tú también.

Hannah se echó a reír.

De acuerdo.

Pulsó Enviar por última vez y dejó el teléfono.

—¿Tú nunca duermes?

Hannah se volvió y vio a Eduardo de pie cerca del jacuzzi con un bañador negro y el pecho desnudo. Casi se tragó la lengua. Era el hombre más guapo que había visto nunca. Con unos pectorales bien definidos, cubiertos por una fina capa de vello oscuro.

–No duermo mucho –repuso. Le temblaron los muslos cuando él adelantó un paso y ella se dio cuenta de que probablemente pensaba meterse en el jacuzzi.

–Yo tampoco –él bajó los escalones del jacuzzi y el agua lo cubrió hasta el ombligo.

Ella se apartó, intentando poner distancia entre ellos e intentando hacerlo con sutileza.

–Sí, bueno, yo siempre estoy en alerta roja, pensando en todo lo que tengo que hacer en el trabajo y en cosas así.

–¿En tu exprometido?

–Es curioso que lo menciones. Acabo de ponerle un mensaje. Se llevó a otra mujer a nuestra luna de miel, así que, con un poco de suerte, le va bien.

–¿Eso no te preocupa?

–La conozco. Es una amiga suya, así que podría ser platónico. Pero si no... La verdad es que espero que no lo sea. Quiero que sea feliz.

–¿Y no te molesta que tu examante esté con otra mujer?

Hannah carraspeó.

–Zack nunca ha sido mi amante.

–¿Y eso por qué?

–Porque no estábamos enamorados y no quería que me utilizara, así que pensé que, si esperábamos hasta después de la boda, no habría ese problema –no era toda la verdad, pero no estaba dispuesta a contarle toda la verdad sobre su vida sexual. Además, no era asunto de él.

—Eso no me lo creo, Hannah. Eres demasiado inteligente y dura para dejarte utilizar.

Ella se encogió de hombros.

—¿Y por qué crees tú que no me acosté con él? –preguntó.

—Te gusta mucho controlar. Y hacerle esperar te daba control.

Ella echó la cabeza hacia atrás.

—No fue por eso. Pero sí, quizá, por algo de control, aunque no en el sentido que tú lo dices.

Eduardo suspiró y se sentó en el jacuzzi. Ella estaba enfrente y tenía la sensación de estar demasiado cerca de él.

—¿Tu madre ha dicho algo malo de mí cuando os habéis quedado solos en el comedor? –preguntó.

—No. Solo que quiere que sea feliz. Lo mismo que ha dicho delante de ti.

Hannah suspiró.

—Es mejor persona que yo. Yo me odiaría.

—¿Si alguien le hiciera eso a tu hijo?

A Hannah le dio un vuelco el corazón.

—Eso no lo sabré nunca. No tengo un hijo y no quiero hijos.

—Eso ya lo dijiste.

—Sí, bueno, pues lo repito –ella sabía que sonaba a la defensiva.

—¿Quién te hizo daño, Hannah? –preguntó él. Se apartó del borde y caminó hasta el centro del jacuzzi. Su pecho, bronceado y musculoso, brillaba a la luz de la casa.

—Ya te lo dije. Mis padres no eran gran cosa.

–Pero yo creo que no es eso –él se arrodilló delante de ella y la miró a los ojos–. ¿Qué te pasó?

Ella no podía soportar la preocupación de su rostro, de su voz. No podía arreglárselas con el lento dolor que eso causaba en su corazón.

–¿Por qué demonios te importa? Dentro de veinte minutos no lo recordarás.

Eduardo alzó una mano y agarró el borde del jacuzzi. Le brillaban los ojos de furia y algo más. Hannah podía soportar la furia, lo que la asustaba era el algo más.

Él alzó la otra mano y le tomó la barbilla.

–¿Por qué haces eso? –preguntó.

–¿Qué hago? –ella apartó la cara.

–Atacar. ¿Es porque me acerco demasiado?

–¿Qué? ¿Qué significa eso?

–Tú puedes ser muy agradable. Yo lo he visto. Y de pronto levantas los escudos y pasas al ataque. Creo que es cuando me acerco a la verdad. Y eso te asusta.

Hannah quería negarlo, pero no podía, porque estaba temblando por dentro. Pero era mucho más fácil estar enfadada que tener miedo.

–A lo mejor es que no soy una buena persona –comentó–. ¿No se te ha ocurrido pensar eso?

–No creo que sea ese el caso.

–A lo mejor no se te da bien juzgar a la gente.

Eduardo movió la cabeza.

–Tú no eres mala, Hannah. Tú tienes miedo. La cuestión es de qué tienes miedo.

Ella respiró hondo y se puso en pie de modo que él quedó ligeramente por debajo. Le puso una mano en la parte de atrás del cuello.

–No tengo miedo de nada –mintió. Le temblaban

las manos y el cuerpo, pero no podía dejarle ganar. No podía dejar que viera su debilidad. Que la viera a ella.

Él retiró la mano del jacuzzi y la puso en la espalda de ella.

–¿De verdad? –preguntó.

Ella bajó la cabeza y le rozó los labios con los suyos. Un fuerte chispazo de atracción la golpeó por dentro. Él la rodeó con el otro brazo, con la mano extendida entre los omoplatos de ella. Hannah le rodeó el cuello con los brazos y se inclinó. Profundizó el beso todo lo que le permitía su postura.

Su cerebro le gritaba que cometía un error. Que entraba en zona de peligro.

Había empezado aquello para probar algo, pero todo, la conversación anterior, la razón de su acto, estaba en ese momento oculto en la niebla que se alzaba entre ellos, que parecía haber envuelto la mente de ella, haberla escudado en una bendita neblina donde lo único que importaba era la sensación del duro cuerpo de él contra el suyo, de su boca cubriendo la de ella.

Él bajó lentamente la mano, la posó en la curva del trasero de ella y la atrajo hacia sí con gentileza. Ella se sentó a horcajadas sobre las piernas de él y la dura erección de él quedó, tentadora, entre los dos.

Eduardo la estrechó con fuerza y ella echó atrás la cabeza. Él le besó el cuello y la clavícula.

–Oh, sí –musitó ella, balanceándose contra él, buscando el placer que sabía que él podía darle. Un placer que sospechaba que sobrepasaría cualquier experiencia sexual que hubiera tenido antes.

Se aferró a él y volvió a besarlo en la boca. Podía perderse en él. Dejar fuera todo lo demás y abrazar la pasión. El momento. La necesidad de tenerlo en su interior, embistiendo con fuerza, copiando lo que hacía con la lengua.

Quería rendirse a sus sentimientos y a las necesidades de su cuerpo. Rendirse a él.

Quería entregarle su control.

Una oleada de pánico la atacó y empujó el pecho de él, intentando soltarse del abrazo. Eduardo la soltó lentamente, con expresión confusa. Ella retrocedió tambaleándose y subió por el lateral del jacuzzi sin molestarse en ir hasta los escalones.

–No, esto no está pasando –dijo.

El pánico le clavaba sus garras, le recordaba que no era valiente, que no era diferente. Que, si se abandonaba, todo lo que había construido por sí misma desaparecería y revelaría quién era en realidad. La chica estúpida y necesitada, dispuesta a entregarlo todo para que alguien le hiciera caso un minuto. Unas horas. Para que alguien la mirara como si importara. Dispuesta a olvidar lo que quería ella. A olvidar la autoestima. El control.

–Creo que sí ha pasado. Y parece que sigue pasando –dijo él.

Ella negó con la cabeza.

–No. No me acostaré contigo.

–Oh, ¿y qué ha sido esto, pues? ¿Otro esfuerzo tuyo por tener a un hombre controlado? ¿Por tenerlo agarrado por los testículos?

–Si no pensaras con ellos no funcionaría tan bien –replicó ella.

Por dentro se moría. Sentía que sus defensas se derrumbaban, que toda su armadura se derretía al calor del contacto de Eduardo. Y eso no podía permitirlo.

–Quizá me he equivocado, Hannah. Quizá buscaba más donde no lo hay.

–Ya te lo dije –ella tomó su toalla y se envolvió en ella, creando una barrera física.

–Cierto. Pero tienes que entender una cosa. A diferencia de tu exnovio, yo no tomaré parte en tus juegos. No jugarás conmigo.

–Solo déjame en paz –ella se volvió y echó a andar hacia la casa.

Subió las escaleras apretando la toalla contra el pecho. Cuando cerró la puerta de su habitación, se apoyó en ella, se llevó una mano a la boca y reprimió un sollozo.

Se dejó caer de rodillas y lloró por primera vez en muchos años.

Eduardo llamó a la puerta que conectaba su habitación con la de Hannah. Tenía la impresión de que se arrepentiría de intentar ver cómo estaba. No debería importarle lo que sentía ella. Había jugado con él. Había intentado usar su cuerpo para controlarlo; lo había insultado.

Y, sin embargo, todavía no creía que era ella misma. Había tenido miedo. No solo cuando le había preguntado por su pasado, también cuando se habían besado. Miedo de la pasión que ardía entre ellos.

Se sentía raro. No se sentía él mismo, quienquiera que fuera ese. Y tocar a Hannah no lo había llevado de vuelta a sí mismo, lo había llevado a un lugar nuevo y no sabía qué hacer al respecto.

Sabía lo que quería. Y por el momento era suficiente con querer, con necesitar algo.

Ella no contestó. Eduardo abrió la puerta y la vio

sentada contra la pared con las rodillas subidas hasta el pecho y la cabeza baja. Parecía una muñeca rota.

–¿Hannah? –preguntó, con una punzada en el pecho.

Ella alzó la cabeza y él vio lágrimas en sus mejillas.

–Vete.

Eduardo avanzó un paso.

–¿Estás bien? –preguntó.

Ella se puso de pie. Él esperaba que le gritara, que lo insultara por haberla sorprendido sintiéndose vulnerable, pero ella simplemente se enderezó y alzó la barbilla. Era como una reina orgullosa que jamás reconocería lo que él acababa de ver. Fingiría estar por encima de eso para protegerse, para mantenerse encerrada en su torre de marfil.

–Por supuesto –contestó.

Ella jamás aceptaría su comprensión y a Eduardo no le gustaba verla así.

–Me debes una disculpa –dijo, cambiando de táctica, endureciendo la voz.

Ella alzó la barbilla en el aire.

–¿Por qué?

Él sonrió y se acercó a ella.

–Me has insultado. La buena educación exige que digas que lo sientes.

–Pero no lo siento.

–Quizá yo pueda hacerte cambiar de idea.

Ella dio un paso hacia él.

–Lo dudo.

–Yo no.

Hannah respiró hondo, intentó erigir una barrera ante la oscura sensualidad que irradiaba Eduardo.

Odiaba el modo en que temblaba cuando estaba cerca de él. Hacía nueve años que no se acostaba con nadie. Patético, pero cierto. Todo por miedo. Porque temía que, si perdía el control, descubriría que no había cambiado. Por eso había huido de él.

Odiaba el miedo. Se había acostumbrado a fingir que no le había pasado nada, que nunca había sido Hannah Mae Hackett, la fracasada, la adolescente embarazada, la impostora.

Con Eduardo no podía fingir. A él no podía ocultarle el miedo. La desnudaba con una mirada.

Dio un paso más hacia él y le tocó la cara. Él le agarró la muñeca.

–No me pongas a prueba, Hannah, otra vez no. Si me besas, más vale que tengas intención de seguir.

–¿O qué?

Él soltó una risita.

–Yo jamás te haría daño, jamás te obligaría a nada. Pero tampoco permitiré que vuelvas a tocarme. No me gustan los juegos. Si das media vuelta ahora, no pasará nada entre nosotros.

–No voy a dar media vuelta –declaró ella.

–¿Y por qué te has ido antes?

–Porque esto es muy mala idea y pensé que debía salir corriendo mientras todavía podía –si se apartaba en ese momento, lo haría por miedo y sabría que era por eso. Pero si lo besaba... podía hacerlo mientras lo tenía con la guardia baja, mientras ella conservaba el control.

Él le besó la muñeca sin dejar de mirarla a los ojos.

–¿Por qué no me besas? –preguntó ella.

Eduardo vaciló un momento, pero bajó la cabeza y la besó con fiereza. Hannah le pasó las manos por el pecho desnudo, disfrutando de la sensación de los músculos en las palmas. Nunca había tocado a un hombre como él, solo había estado con adolescentes torpes que no sabían lo que eran los preliminares sexuales. Respiró hondo varias veces para no perder la cabeza.

Ella tenía el control. Él la deseaba, lo veía en su rostro. Ella tenía el poder.

Eduardo la besó y rozó con los pulgares la parte baja de sus pechos. Ella gimió en su boca y un sonido de placer reverberó en el pecho de él.

Subió más las manos y jugó con sus pezones. Una inyección de calor líquido inundó el núcleo de ella. Puso las manos en las nalgas de él y lo atrajo hacia sí.

Él le bajó uno de los tirantes del bañador y la besó en el hombro antes de dejar su pecho al descubierto.

–Oh, sí. ¡Qué hermosa! –dijo con voz dolorida.

Él bajó la cabeza y le lamió el pezón antes de metérselo en la boca. Ella alzó una mano y le agarró el pelo para sujetarlo contra ella. Él bajó el otro tirante y desnudó el otro pecho. Trasladó su atención allí.

Hannah cerró los ojos. La intensidad del deseo que la inundaba le dificultaba moverse, le impedía respirar. No podía hacer nada que no fuera permanecer allí y dejar que él acariciara su cuerpo.

Cuando Eduardo le bajó el bañador del todo, sintió pánico. Pero estaba oscuro. Él no podría ver. No notaría las líneas plateadas que le recorrían el estómago.

Y aunque las notara, seguramente no sabría lo que eran.

Él succionó el pecho con más fuerza mientras acariciaba el otro con el pulgar y ella dejó de pensar.

Él alzó la cabeza y volvió a besarla en la boca. Su pecho velludo seguía estimulando los senos de ella.

–Sí, sí –repetía ella una y otra vez.

Eduardo la hizo retroceder y la tumbó sobre la cama. Ella deslizó la mano entre ambos y la movió por encima del duro pene de él.

Un ligero temblor de miedo la recorrió. Miedo al dolor. Había pasado mucho tiempo y nunca había estado con un hombre como él.

–¿Tienes preservativos? –preguntó. Intentó sacudirse el miedo. No quería que el miedo estuviera presente en aquello.

Él lanzó un juramento.

–Un momento.

Saltó de la cama y entró en la otra habitación. Hannah se trasladó al centro del colchón y se apoyó en las almohadas. Parte de la niebla de la excitación se evaporó al quedarse sola.

Ya era demasiado tarde para echarse atrás. Si lo hacía, sería por miedo, y ella no permitiría que el miedo volviera a controlarla.

Pero sí recuperaría parte del control. No permitiría que él la convirtiera en una zombi sedienta de placer. Esa tarea era de ella.

Eduardo regresó un momento después con una cajita en la mano.

–Había en el cuarto de baño. Tengo unos empleados muy concienzudos.

–¿Tú no sabías que estaban allí?

–No los necesito –dejó la cajita en la mesilla y sacó un preservativo. Y ella olvidó preguntarle por qué no los necesitaba.

Eduardo le pasó el preservativo y ella se puso de rodillas, tragó saliva y llevó los dedos a la cinturilla del bañador de él. Cuando se lo quitó, tomó el pene en su mano, disfrutando de su piel sedosa y de su dureza. Lo apretó levemente y él lanzó un gemido.

–Desde luego, no eres un hombre corriente –dijo ella.

Él dejó caer la cabeza hacia atrás.

–Eso es –susurró Hannah–. Déjame a mí –se sentía poderosa, lo que le hacía olvidar el miedo.

Bajó la cabeza y pasó la punta de la lengua por su pene. Él le deslizó los dedos en el pelo y ella lo exploró con la lengua.

–No más –dijo él–. Estoy demasiado cerca.

Ella alzó la cabeza, contenta de tener el poder. De hacer aquello a su modo.

Abrió el envoltorio del preservativo y se lo puso. A continuación se enderezó y le echó los brazos al cuello. Lo besó y lo atrajo hacia ella.

–Todavía no –dijo él.

Le besó los pechos, las costillas, el estómago... Ella contuvo el aliento cuando él se entretuvo en la tierna piel de debajo del ombligo. Le separó los muslos con gentileza y ella sintió su lengua caliente en el clítoris.

Se arqueó en la cama, buscando algo a lo que agarrarse. Encontró los hombros de él y se aferró a ellos con fuerza.

–Eduardo...

La respiración de él era caliente en su piel sensible.

–Ahora dime que lo sientes, Hannah –dijo. Otro lametón de su lengua envió un relámpago de placer por el cuerpo de ella.

Hannah se puso una mano en la cara. Le ardían las mejillas y su cuerpo ansiaba la liberación.

–Dímelo, Hannah –él le besó la parte interna del muslo y ella tembló.

–No.

La punta de la lengua de él se apartó del clítoris y lamió la zona de alrededor.

–¿Quieres un orgasmo, sí o no?

–Eres un bastardo –jadeó ella.

Él soltó una risita.

–Eso no parece una disculpa.

–No lo era.

Él deslizó la mano entre los muslos de ella y la acarició con los pulgares. Ella le agarró los hombros con fuerza y apretó los dientes. Sus caderas se movían al ritmo de las caricias de él.

–Tócame ahí, maldita sea –dijo.

–Cuando digas que lo sientes.

A ella le temblaban los músculos, su cuerpo le suplicaba que su lengua dijera las palabras. Necesitaba liberarse. Lo necesitaba a él. Al diablo con el control.

–Lo siento –dijo.

Él le dedicó una sonrisa maliciosa y bajó la cabeza. Deslizó un dedo en el cuerpo de ella y empezó a hacer magia con la lengua.

–Oh, sí –musitó ella. Había valido la pena. Ninguna cantidad de orgullo valía tanto como para perderse aquello.

Él le dedicó toda su atención, con la boca y las manos. Algo empezó a tensarse dentro de ella. Una tensión que ella temía pudiera romperla.

Un segundo dedo se unió al primero y la tensión explotó en ella como un millón de estrellas brillantes. No podía pensar, estaba demasiado inmersa en la intensidad cegadora del orgasmo.

Cuando volvió a la tierra, él estaba colocado sobre ella mirándola a los ojos. Le apartó el pelo húmedo de la frente con mano temblorosa, lo que probaba que no tenía tanto control como aparentaba.

–Ahora –dijo.

Le puso la mano en el muslo y lo levantó de modo que la pierna de ella abrazara su cadera. La punta gruesa de su erección apretó el cuerpo de ella, que se arqueó hacia él. Eduardo la penetró fácilmente, llenándola.

Ella se agarró a sus hombros y le clavó las uñas en la piel. Él empezó a moverse, con embestidas fuertes, controladas y perfectas. Ella se movía contra él. Cada vez que conectaban sus cuerpos, la golpeaba una sensación de placer. No habría creído posible que pudiera volver a excitarse tan rápidamente. Pero así era. Quería otro orgasmo, necesitaba más placer.

El aliento de él era caliente y rápido en su cuello. Ella volvió la cabeza y le besó la mejilla y él se giró y la besó en la boca.

–Dios mío, sí –gimió.

Sus embestidas se volvieron desesperadas. Después de la última, sus músculos se tensaron y todo su cuerpo se quedó paralizado. Llegó al orgasmo con un gemido fiero. Ella se apretó contra él y alcanzó también el orgasmo, con oleadas de placer envolviendo su cuerpo. Él estaba dentro de ella, estaban muy conectados y en aquel momento eso era lo único que importaba.

Él se dejó caer sobre los antebrazos, con la respiración jadeante y los músculos temblorosos. Un momento después se separó, la abrazó y posó la mano en el estómago de ella.

Permanecieron un rato en silencio. En la habitación solo se oían sus respiraciones. Hannah sentía una niebla en el cerebro. Todavía no quería pensar.

–No he olvidado cómo se hace –dijo él al fin, todavía sin aliento.

Ella se echó a reír.

–¿Qué significa eso?

–Eres la primera mujer con la que estoy desde el accidente. Supongo que he sido fiel a nuestros votos matrimoniales todo este tiempo –repuso él, con un deje extraño en la voz.

–Yo también –musitó ella.

–¿Tú también qué?

–He sido fiel a nuestros votos matrimoniales. No he estado con nadie desde nuestra boda.

–Y eso que no sabías que seguíamos casados –dijo él.

–No. Pero me imagino que los dos teníamos otras razones aparte de esa.

–No ha habido tiempo –él hizo una pausa–. Ni deseo. No he deseado a nadie desde el accidente. He estado muy ocupado lamiéndome las heridas.

–Y esta noche me has lamido a mí –intervino ella.

Eduardo se echó a reír. La besó en los labios.

–Tengo que ir a ocuparme de algo.

Salió de la cama y entró en el baño. Volvió un momento después con expresión tormentosa.

–Tenemos un problema –dijo.

Capítulo 8

QUÉ? –Hannah se subió la sábana hasta encima de los pechos.

–El preservativo se ha roto –declaró Eduardo. Era la primera vez que le sucedía eso–. ¿Tú tomas anticonceptivos?

–No.

–Pues podemos tener un problema –repitió él.

–No lo tendremos –replicó ella–. Ha sido solo una vez. Nadie tiene tan mala suerte.

Eduardo sintió rabia. Sabía que sería mala suerte que se quedara embarazada. Sería desafortunado para los dos. Pero lo sintió como un golpe a su orgullo. Le pareció que ella no quería estar atada a un estúpido como él para toda la vida.

–Bueno –dijo–. Si tienes la mala suerte de esperar un hijo mío, no olvides decírmelo.

–Ataré el mensaje a una piedra y la lanzaré por la ventana de tu despacho –replicó ella.

–Te lo agradezco –él se volvió hacia su habitación. Hannah sabía que había vuelto a espantarlo, pero tenía que hacerlo. No había otra opción.

Era el único modo de protegerse ella.

–No creas que me vas a arrancar una disculpa esta vez –dijo.

Él se quedó inmóvil. Alzó levemente los hombros antes de volverse.

–No finjas que te he obligado, Hannah. Los dos sabemos que lo estabas suplicando.

Ella apretó la sábana con fuerza.

–Márchate, Eduardo.

–¿Otra vez huyendo? Porque eso es lo que haces aunque sigas en la cama –declaró él–. Tienes que hacerlo con un comentario insidioso o con lo que creas que necesitas para echarme de tu vida. A mí no me engañas. Yo veo tu miedo. Me iré, pero solo porque no deseo pasar ni un momento más contigo esta noche. Pero entiende que no me vas a echar si yo no quiero que me eches.

Salió y cerró la puerta con firmeza. Hannah tomó uno de los cojines de seda rosa y lo lanzó en dirección a la puerta cerrada. Era más seguro enfadarse que volver a llorar. No lloraría y no pensaría en el preservativo roto y en lo que eso podía implicar. Tampoco pensaría en lo unida que se había sentido a él y en que quería repetirlo.

Cuando Hannah se presentó a desayunar a la mañana siguiente, parecía nerviosa. Llevaba el pelo rubio revuelto y tenía círculos oscuros bajo los ojos. Su ceñido pantalón negro y su camisa de manga corta oscura resaltaban su delgadez y la palidez de su piel.

Eduardo se llevó la taza de café a los labios. Su madre y su hermana le dieron los buenos días.

–Buenos días –repuso Hannah. Se sentó a la mesa sin mirar a Eduardo.

–Buenos días –dijo él–. ¿Has dormido bien?

Ella forzó una sonrisa.

–No muy bien. No has dejado de moverte en toda la noche.

–Mis disculpas, querida.

–No son necesarias. Pero me vendría bien un café.

Carmela hizo sonar una campanilla que había en el centro de la mesa. Eduardo odiaba aquello. Era demasiado moderno para llamar así a los sirvientes, pero Carmela Vega era de la vieja escuela.

–Gracias –dijo Hannah a la mujer.

–De nada.

Llegó Rafael y Hannah le pidió café. Era cierto que parecía agotada.

–¿Qué planes tienes para hoy, mamá? –preguntó él.

–Selena y yo vamos a ir de tiendas.

Eduardo pensó que solo a su madre se le ocurría salir de Barcelona para irse de compras por una ciudad pequeña.

–Eso suena divertido –dijo.

Selena miró a Hannah.

–Puedes venir si quieres.

–Tenemos trabajo –intervino Eduardo. No quería perderla de vista por si salía huyendo–. Me está ayudando a implementar unos sistemas nuevos en Comunicaciones Vega. Hannah es una especie de genio de las finanzas.

–¿Eso es cierto? –preguntó Carmela.

–He estado ocupada estos últimos cinco años –repuso Hannah.

–En ese caso, os dejaremos solos –musitó Carmela.

Selena y ella se despidieron.

–Tu madre me odia –comentó Hannah cuando las otras dos mujeres se hubieron marchado.

Eduardo se encogió de hombros.

—Tal vez.

Rafael volvió con una taza de café y tostadas.

—Gracias —Hannah tomó un sorbo de café—. ¿Cuál es el plan de trabajo para hoy? —preguntó.

—Tráete el café a mi despacho.

Ella lo siguió por la escalera curva hasta el final del pasillo de arriba. El despacho daba al mar y sus grandes ventanales dejaban entrar mucha luz.

—¿Tienes algo más que mostrarme? —preguntó Hannah.

—No. Esperaba que empezaras a ofrecerme soluciones.

Ella vaciló un momento.

—Bueno, sí tengo soluciones. O, mejor dicho, ideas. ¿Prefieres trabajar aquí ahora?

—Me resulta más fácil —explicó él, mirándose las manos.

Hannah frunció el ceño.

—¿Antes te costaba trabajar con gente?

—Es simplemente que no me gusta el ruido —repuso él.

—¿Qué te pasa con el ruido?

Eduardo miró el mar con el ceño fruncido. Había hablado de aquello con un doctor años atrás y no había vuelto a hacerlo. No le gustaba tener que admitir que no había cambiado nada. No tenía sentido.

—Me duele la cabeza —dijo.

—¿Algo más?

—Y me pongo irritable.

—Sí, lo he notado —contestó ella con sequedad—. ¿Qué más?

—No puedo concentrarme.

–Y las cifras es lo que más te cuesta.

–No puedo... no puedo aferrarme a un pensamiento el tiempo suficiente para tomar decisiones.

–Y es mucha presión.

–Sí.

–Creo que puede tener menos que ver con que te cueste entender el lado financiero de las cosas y más con que te cueste concentrarte en cosas que te estresan.

Eduardo sintió un nudo en el estómago.

–No me estresa –dijo–. Es solo... Las respuestas están ahí en mi cerebro, pero parece que no puedo tomar una decisión rápida. No encuentro la respuesta a tiempo –y cuanto más pensaba en ello, menos capaz era de aferrar un pensamiento con fuerza. Se le escapaba, se escondía en rincones oscuros de su cerebro que le resultaban desconocidos.

–Te estresa. ¿Por qué no has hablado con un médico de esto? Estoy segura...

–No necesito hablarlo –algo explotó dentro de él–. No necesito repetir los mismos problemas y que un doctor me mire con lástima y me diga, de nuevo, que puede que no desaparezcan nunca, que ya no volveré a ser el de antes, que no tendré todas las respuestas ni una respuesta ingeniosa a mano. Que jamás podré tomar las riendas de Comunicaciones Vega como debería porque nunca podré tomar decisiones rápidas ni llevar registros meticulosos.

Puso las manos sobre el escritorio y se inclinó hasta que su cara quedó a poca distancia de la de ella.

–Si no puedo concentrarme lo bastante para rellenar un condenado informe, ¿cómo voy a seguir la pistas de detalles financieros complicados? ¿Tú tienes la respuesta? –se enderezó y se pasó la mano por el pelo–.

¿La tienes? –repitió. Su voz sonaba desesperada. Él odiaba eso y, en aquel momento, se despreciaba a sí mismo. Temblaba de rabia y de miedo.

–No lo sé –musitó ella–. Pero podemos pensar en algo.

Él tragó saliva con fuerza.

–O podemos admitir que esto va a ser así.

Ella se puso de pie y golpeó el escritorio con ambas manos. Echaba chispas por los ojos.

–No. Eso está mal. Tú puedes hacerlo, no eres estúpido. Solo es cuestión de buscar resquicios. Atajos.

Eduardo ardía de rabia. Contra ella y contra el mundo.

–No debería necesitarlos –gruñó.

–Pero todos los necesitamos a veces.

–Tú quizá sí, Hannah Weston, pero yo no. Yo soy Eduardo Vega, hijo de una de las mentes de negocios más grandes que hayan existido, y no necesito un atajo.

–Entonces es tu orgullo el que te impide triunfar, no tu lesión. Yo no puedo ayudarte si tú no aceptas ayuda.

–La acepto –gritó él–. ¿Por qué crees que te pedí que vinieras?

Hannah se acercó más, sin dejarse acobardar por la furia de él.

–Tú no me pediste que viniera. Me obligaste y lo sabes. Y no aceptas ayuda. ¿Creías que vendría, echaría un vistazo, haría algunas inversiones y te dejaría?

–Sí –contestó él.

–¿Que te dejaría sin resolver el problema?

–Sí –repitió él. Porque no había querido admitir que había un problema real. Había buscado un reinicio. Llevarlo todo de vuelta a un punto dorado para poder seguir adelante, maniobrando de nuevo el barco.

Y en lugar de eso, sentía que se ahogaba y buscaba a ciegas una mano. La mano de Hannah. Rezando para que ella pudiera sostenerlo por encima del agua.

¡Qué debilidad! ¡Qué terrorífica e insoportable debilidad!

—Eso no puede ser, Eduardo —dijo ella.

—¿Por qué no? —preguntó él, ya agotado. La rabia, la lucha lo abandonaron, dejándolo derrotado.

Hannah nunca lo había visto tan desalentado. Tan cansado. Había sido fácil pelear con él, gritarle cuando gritaba él. Pero en ese momento veía detrás de su rabia. Lo veía por lo que era.

—Porque las cosas han cambiado. Tú has cambiado —no le decía nada que él no supiera, pero tal vez fuera la primera persona, aparte de los médicos, lo bastante valiente como para decirle al poderoso Eduardo Vega la verdad que no quería oír—. Y lo único que puedes hacer es trabajar con lo que tienes. No con lo que te gustaría tener ni con lo que tenías en otro tiempo, sino con lo que tienes aquí y ahora.

Él negó con la cabeza.

—No quiero —pero su voz sonaba resignada.

—Yo creo que puedes hacerlo. Sí, puede que haya problemas, pero puedes esquivarlos. Podemos hacerlo juntos. Pero no puedes dejar que tu orgullo se haga con el control de la situación.

Eduardo respiró hondo.

—El orgullo es lo único que me queda.

Ella negó con la cabeza.

—No lo es. Confía en mí.

—En quien no confío es en mí —respondió él—. No conozco mi mente.

—Pues aprende a conocerla. Cuando estés preparado –ella pasó a su lado y salió por la puerta. Sentía... demasiado. Al día siguiente regresarían a Barcelona y podría volver a verlo como un trabajo. Podría olvidar que aquel fin de semana había tenido lugar.

Tenía que hacerlo.

Capítulo 9

EDUARDO se pasó una mano por la cara intentando combatir la frustración que crecía en su
interior. Respiró hondo e intentó pensar en lo
que acababa de leer.

Nada. No había nada. La información había caído
en un vacío y, por mucho que lo intentaba, no podía
recuperarla.

Empezó a pasear por la habitación. Al rato se abrió
la puerta del despacho y entró Hannah.

Algo cambió en su interior cuando la vio. Hacía
tres semanas que habían vuelto de la finca. Tres semanas de vivir juntos como extraños. De fingir que no se
habían tocado, que nunca había estado dentro de ella.

Aquello lo estaba volviendo loco. Y los informes
financieros de sus tiendas al por menor completaban
el trabajo.

—No puedo hacerlo —declaró. Y las palabras le que-
maron en la garganta—. No puedo recordar, no puedo...

—Eh, respira hondo.

—Ya lo he hecho —dijo él entre dientes—. No sirve
de mucho.

—Eduardo...

Él se volvió para no ver la expresión dolida de los
ojos de ella y miró la ciudad.

—¿Tienes idea de lo frustrante que es tener tan poco control? No puedo hacer lo que quiero —un dolor agudo le atravesó la sien y le arrancó una mueca.

—Quizá deberías tomarte un descanso.

Eduardo se giró hacia ella.

—No tengo tiempo para descansos.

—O pedir ayuda en lugar de ser tan terco.

Eduardo se sentía agotado hasta los huesos.

—Ayúdame —dijo.

La expresión de ella se suavizó.

—¿Con qué necesitas ayuda? —preguntó.

—En general. Toda la ayuda que puedas darme. No puedo concentrarme en esto —señaló los papeles que había sobre la mesa—. No puedo retenerlo. Apenas puedo leerlo. Las palabras no dejan de moverse. No sé por qué. Hoy es como si todo se moviera muy deprisa. No puedo...

Ella se acercó a los papeles.

—Cierra los ojos —dijo.

Eduardo obedeció y lo embargó una sensación de calma. Sintió que podía pensar mejor.

Ella empezó a leer en voz alta. Él abrió los ojos.

—No soy un niño —dijo.

—Lo sé. Yo no te trato como a un niño. Pero siento curiosidad por saber qué pasa si oyes las cosas en vez de leerlas. Algunas personas aprenden más por el oído que por la vista.

—¿Cómo sabes tanto de esto?

—¿De aprendizaje? Cuando decidí que quería ir a la universidad, tuve que enseñarme a aprender, así que investigué todos los trucos de estudio imaginables. Todos los modos que se me ocurrían de pasar exámenes. Tuve que superar un examen de entrada y solo había ido dos años al instituto, así que tuve que estudiar mucho.

–¿Y qué tipo de cosas hacías?

–A veces grababa los apuntes y los oía con auriculares antes de dormir. Escribía algunas cosas docenas de veces. Tomaba café cuando estudiaba y también en el examen. Resulta que el sabor es un poderoso detonante de la memoria. Y no veo por qué no vamos a intentar lo mismo contigo.

Eduardo sintió una sensación extraña. ¿Respeto? Sí, respeto por Hannah. Y con él, la atracción que llevaba semanas luchando por reprimir.

–Eres muy inteligente –dijo.

–¿No soy menos inteligente por haber tenido que usar esos trucos?

–Más, quizá. Hallaste modos de conseguir lo que querías.

–Y tú harás lo mismo. Vamos, cierra los ojos.

Esa vez, él dejó que le leyera y descubrió que le resultaba más fácil captar el significado y retener detalles que antes pasaban por su mente como el agua por un colador. Y, cuando ella le preguntó al final, él recordaba la mayor parte de lo que había oído. No todo, pero mucho más de lo que habría recordado leyéndolo, y en mucho menos tiempo.

–Mejor –dijo. Se levantó de la silla–. Eres un genio.

Se acercó a ella en un impulso y la besó en la mejilla.

–Gracias.

Ella se llevó una mano a la mejilla.

–De nada.

Era la primera vez que la tocaba desde la noche en que habían hecho el amor. Eduardo recordó las manos de ella en su cuerpo, su boca en los pechos de ella...

–Hannah...

Ella retrocedió.

–No. No... me alegro de que eso te ayude. Quiero seguir ayudando. Estoy a punto de ofrecerte estadísticas sobre lo bien que nos podría ir si compráramos Inalámbricos Bach, pero... no.

–Volvemos al trabajo, pues –dijo él.

Ella asintió cortante y salió del despacho. Eduardo intentó ignorar el dolor que empezaba en su entrepierna y parecía extenderse por todo su cuerpo. Hannah era territorio prohibido. Si se lo decía un número suficiente de veces, quizá empezara a creérselo.

Llegaba tarde. Muy tarde. Iba con retraso. Igual que su periodo. Quería acurrucarse debajo de la enorme maceta que había en el vestíbulo de Comunicaciones Vega y llorar. Pero no tenía tiempo.

Tenía que ir a hacer pis en un palito, ver una línea en lugar de dos y ponerse a trabajar.

Eduardo estaba ya en su despacho del último piso. Ella pasó por delante, intentando no hacer ruido, de camino al baño privado del extremo de la planta. Se encerró allí y desenvolvió la cajita de la prueba con dedos temblorosos.

La prueba en sí fue fácil. Lo difícil era la espera.

Jamás se había imaginado que volvería a estar en aquella posición.

Mientras esperaba, paseaba por la estancia y contaba. Cerró los ojos. Sentía ganas de vomitar.

–Solo una –susurró–. Solo una línea.

Abrió lentamente los ojos y miró el objeto blanco

colocado sobre la encimera blanca. Tanto blanco hacía que fuera imposible no ver las dos líneas rosas.

Y entonces vomitó.

–¿Hannah? –Eduardo llamó con fuerza a la puerta–. ¿Estás bien? ¿Estás enferma?

–Sí –respondió ella. Se sentó en la taza. Un sudor frío le cubría la frente y le caía por la espalda.

–¿Estás bien o estás enferma?

–Estoy enferma –respondió ella.

–¿Necesitas ayuda?

–No –ella tomó la prueba, la envolvió cuatro veces en papel higiénico y la tiró a la basura.

¿Por qué le ocurría aquello? ¿Por qué la castigaban por el sexo? ¿Era extremadamente fértil o tenía muy mala suerte?

La asaltaron los recuerdos. La prueba que se había hecho a los diecisiete años. Las opciones que había sopesado entonces. La clínica de la que había salido corriendo porque no había podido seguir adelante con la terminación del embarazo. La agencia de adopción. La primera vez que había sentido moverse al bebé. Lo extraño, milagroso y emocionante que había sido.

El parto. La piel rosa y arrugada. El llanto de su bebé cuando lo sacaban de la habitación para llevarlo con sus padres.

No era su bebé. Era el hijo de Steve y Carol Johnson. Pero todavía lo sentía como parte de ella. Una parte que no podía recuperar. Una parte a la que había tenido que renunciar. Y con él, había renunciado a mucho más.

Entonces se había hecho una promesa. Que no desperdiciaría su vida. Que haría lo máximo que pudiera con ella.

Y lo había hecho. Había triunfado y había dejado

atrás a la chica que había sido. O eso creía. Porque lo cierto era que en aquel momento solo sentía miedo.

No podía repetir aquello otra vez. Acabaría con ella.

—¿Hannah? ¿Tengo que echar la puerta abajo?

Ella intentó encontrar fuerzas. Encontrar a Hannah Weston para no ahogarse en Hannah Hackett.

Abrió el grifo del lavabo, se mojó las manos en agua fría y se las pasó por la cara, sin importarle si se estropeaba el maquillaje. Luego abrió la puerta.

—Hola —dijo.

—Estás pálida —comentó él—. Y pareces... bueno, enferma.

—Lo estoy.

—¿Necesitas algo?

—Creo que no hay nada que puedas hacer por mí en este momento —respondió ella—. Vamos a tu despacho.

Hannah no era una cobarde. No se lo ocultaría a Eduardo. Pero no sabía qué decirle. Era la peor candidata posible para ser madre. Pero no sabía si podría soportar renunciar a otro bebé.

Y tampoco sabía si podría ser una madre. No sabía nada al respecto. Nunca había tenido una. No sabía si poseía una naturaleza maternal. Era insensible. Maldecía. Era adicta al trabajo. Y la lista continuaba.

—Siéntate —dijo.

—¿Qué ocurre?

—¿Recuerdas que hicimos el amor?

Él enarcó una ceja.

—Sí, me parece que recuerdo algo de eso.

—Sí, bueno, y también que se rompió el preservativo.

—Lo recuerdo.

—Pues bien, ahora...

—Estás embarazada.

–Si lo dices así, parece que sea culpa mía. Pero tú sabes que no lo he hecho yo sola.

–Hannah, soy muy consciente de cómo ocurrió y no te culpo a ti, así que deja de ceder al pánico –gruñó él.

–¿Que lo deje? Apenas he empezado.

–No hay necesidad de sentir pánico.

–¿Por qué?

–Porque somos muy capaces de afrontar esta situación.

–¿Lo somos? –preguntó ella, con la garganta oprimida–. ¿Y qué vamos a hacer con un bebé, Eduardo? ¿Te lo atarás al pecho y lo traerás al trabajo? Ni siquiera puedes concentrarte sin él. ¿Y yo qué? ¿Me pongo un delantal y me convierto en ama de casa?

–Tendremos niñeras –dijo él.

–¿Y qué clase de vida es esa para un niño?

–Una vida. No parece haber una alternativa.

–La adopción –dijo ella.

–Yo no pienso regalar a mi hijo –contestó él.

A Hannah le dolieron sus palabras. Tocaban una herida que seguía sangrante, tapada pero nunca curada.

–La adopción no es eso. Es darle a tu hijo la mejor oportunidad posible. Eso es lo que es. ¿Yo no habría estado mejor si mi madre me hubiera dado en adopción en vez de desatenderme durante tres años y después dejarme con un padre que no me quería? –no podía decir que ella ya había pasado por eso. Era demasiado doloroso–. ¿Tú comprendes lo que es vivir con alguien a quien no le importa nada lo que haces? Yo hacía todo lo que no debe hacer una hija. Beber, sexo... y él nunca... A él le daba igual. Así que dime, Eduardo, ¿qué clase de vida era esa? ¿Por qué debe vivir un niño donde no es querido?

–¿Estás diciendo que no quieres el bebé?

–No. Eso no es... eso no es...

–Podemos cuidar de un niño, Hannah. No es la misma situación. Los dos tenemos dinero.

–El dinero no basta.

–Pero es un comienzo.

–No hay que decidir nada ahora –musitó ella–. Es pronto. No hay necesidad de... –soltó una risita– de ceder al pánico.

Eduardo tenía la sensación de haber recibido un golpe en el pecho. No podía respirar. Apenas podía pensar. Hannah estaba embarazada. La idea de tener un hijo cuando todo era mucho más difícil que antes... Hannah tenía razón en muchos sentidos. No sabía si podría arreglárselas con ser padre y dirigir la empresa. Y ella conocía sus limitaciones.

–De acuerdo –dijo, aunque sabía que no sería capaz de pensar en otra cosa.

–Bien –ella sonaba tan poco convencida como estaba él.

–Volvamos a la finca –dijo él. Necesitaba soledad y tranquilidad. No quería estar allí, en aquel lugar que le recordaba sus limitaciones.

–¿Qué? ¿Cuándo?

–Este fin de semana –contestó él–. Aquí me cuesta más concentrarme.

–De acuerdo –repuso ella–. Pero estaré pegada al teléfono porque tengo que cerrar ese trato.

–Entendido. Nos llevaremos trabajo –Eduardo empezaba a sentir dolor de cabeza–. Nos vamos mañana.

Hannah asintió.

–Me parece bien.

Capítulo 10

ESTARÁS bien aquí?

Hannah miró la habitación blanca y rosa, la habitación en la que había hecho el amor con él. La habitación en la que había concebido a su bebé.

–Tan bien como en cualquier otra parte –repuso.

–Quiero estar cerca de ti.

–No voy a hacer nada desesperado, Eduardo.

–Lo sé –dijo él.

Pero no lo sabía. Y eso no era extraño, porque ella no había dejado que la conociera. La había visto desnuda, pero no la conocía. No la conocía nadie. Ni siquiera ella misma. La idea de ver otra vez cómo sacaban a su bebé de la habitación, de no poder abrazarlo ni tocarlo, le producía frío. Le hacía sentir que le arrancaban la vida.

¿Y si se lo quedaba?

Se lo imaginó por un momento. Sostener al bebé contra su pecho, mirarlo a los ojos, unos ojos oscuros como los de su padre. Tener alguien a quien querer. Alguien que la querría. Sintió deseos de llorar.

–Estoy bien –dijo, principalmente para sí misma. Pero sabía que mentía.

–¿Quieres tumbarte un rato?

–Sí, estoy un poco cansada. ¿Hablamos luego?

Él asintió.

—Si te apetece, me gustaría pasear hasta la playa contigo.

—Eso sería estupendo.

Hannah lo echó de la habitación y apoyó la espalda en la puerta cerrada. Su antigua vida estaba chocando de frente con la nueva y no estaba segura de dónde terminaba una y empezaba la otra.

Su peor pesadilla se desplegaba de nuevo ante ella. Y no sabía si podría hacer algo para detenerla.

Se despertó con más sueño que cuando se había tumbado. La cabeza le daba vueltas y fuera estaba oscuro. Se había perdido el paseo, pero no le importaba. De todos modos, no le apetecía hablar con Eduardo.

Una lágrima rodó por su mejilla, pero no se molestó en secarla. Eduardo era la única persona a la que se había sentido próxima en mucho tiempo y estaban en desacuerdo la mitad de las veces.

Quizá no estaba hecha para acercarse a la gente. Era bastante obvio que no sabía cómo hacerlo. Incluso con Zack, había habido una distancia calculada.

Eduardo la presionaba, la enfurecía. Le hacía sentir pasión y perder el control. Eso no la hacía feliz y los había llevado a cometer un gran error. Pero cuando estaba con él se sentía más auténtica. Más ella misma.

No sabía si eso era algo bueno o no. Tenía la sensación de estar rompiéndose. Por una vez no podía controlar una situación o cambiarla. Era la que era. Estaba embarazada. Esperaba un hijo de Eduardo.

Se sentó en la cama. Tenía que dejar de pensar. Necesitaba estar cerca de Eduardo aunque no sabía por qué. Pero no importaba por qué. Le dolía todo. Tenía la sensación de estar en carne viva por dentro.

Y estaba muy cansada de estar sola. Siempre estaba sola.

Se levantó de la cama y entró sin llamar en la habitación de él. Tardó un momento en verlo. La habitación estaba a oscuras y él no se hallaba en la cama. Al fin lo vio sentado en el sillón, agarrando los brazos con las manos.

—Hola —dijo ella. Su voz sonó más ronca de lo que esperaba.

Él se movió.

—¿Hannah? ¿Te encuentras bien?

—Todo lo bien que puede esperarse. ¿Y tú?

—He tenido migraña. Ahora estoy mejor.

—¿Has bebido?

—No. Eso la empeora. ¿Por qué?

—Me alegro de saberlo. Te necesito —susurró ella.

—¿Qué?

—No puedo estar sola. Y tengo frío. Necesito que me hagas... que me hagas volver a sentir —combatió las lágrimas que amenazaban con caer—. Que me des calor.

Él se levantó rápidamente y la abrazó por la cintura.

—Hannah...

—Solo quiero dejar de pensar por un momento. Quiero sentir. Tú me haces sentir muy bien cuando me tocas —ella tragó saliva con fuerza—. Te estoy pidiendo ayuda.

—¡Oh, Hannah!

Eduardo la estrechó contra sí y ella le echó los brazos al cuello. Le puso las manos en el pecho, sobre los duros músculos ocultos por la camiseta. Bajó las manos hasta el borde de la prenda y subió los dedos por la piel velluda de él.

Él lanzó un gemido, la sentó en la cama y se quitó la camiseta. La luz de la luna iluminaba su pecho y abdomen y los vaqueros de corte bajo que no ocultaban del todo su erección.

Y ella se prometió que no pensaría en nada que no fuera él.

—Eres muy sexy —musitó.

Él soltó una risita, con las manos en la hebilla del cinturón.

—Tú también. Esto es un intercambio.

Ella se sacó la camisa por la cabeza y se tumbó en la cama, esperando.

Él negó con la cabeza.

—No es suficiente.

Hannah se incorporó de rodillas y se quitó el sujetador.

—¿Mejor?

El calor que brillaba en los ojos de él le envió una respuesta ardiente hasta el vientre.

—Mucho mejor —musitó él.

Se desabrochó el cinturón y se bajó los pantalones junto con la ropa interior.

—Ven aquí —dijo ella.

—Tus deseos son órdenes para mí.

Se reunió con ella en la cama. Su pene erecto rozaba el estómago de ella.

—Oh, sí —susurró ella. Aquello era lo que necesitaba.

Él le desabrochó los vaqueros y se los bajó por las piernas, seguidos por la ropa interior. La acarició con los dedos y deslizó el pulgar sobre el clítoris.

Ella se arqueó hacia él. Eduardo la besó en la boca larga y apasionadamente. Ella se abrazó a él y se dejó llevar por el beso. Cuando al fin le soltó la boca para besarle el cuello, ella temblaba, más excitada de lo que había estado nunca en su vida. Y al borde de las lágrimas.

Ella le deslizó los dedos en el pelo, ansiando un contacto más profundo, anhelando más.

Él le besó el vientre y fue bajando más con los labios.

–No –dijo ella–. No hay tiempo –lo necesitaba dentro–. Te necesito –murmuró.

Él alzó la cabeza y la miró a los ojos. Le apartó el pelo de la cara y la besó levemente en los labios. Ella abrió los muslos y lo sintió en la entrada de su cuerpo.

–Sí –susurró.

Él se deslizó despacio en su interior. A cada centímetro que la penetraba, ella sentía desaparecer una parte de su vacío y, cuando lo tuvo totalmente dentro, tan próximos como podían estar dos personas, sintió que entendía el sexo de un modo totalmente nuevo.

Para ella nunca había sido intimidad. En el instituto buscaba olvido, un momento de felicidad, de cercanía quizá. Pero no una intimidad profunda.

Sin embargo, en aquel momento sí la sentía. Era como si Eduardo se hubiera convertido en parte de ella.

Él se movía en su interior, acercándola cada vez más al borde del placer. Igual que cada embestida lo acercaba más a ella.

Aumentó el ritmo y ella le abrazó las caderas con las piernas y se movió con él. El orgasmo le llegó como una ola. Un momento después, él se estremeció también con su propio orgasmo.

Ella quedó tumbada contra su pecho, con el corazón latiéndole con fuerza y la cabeza dándole vueltas. Quería hablar, pero no podía. Un momento después se dio cuenta de que temblaba y lágrimas calientes caían sobre la piel desnuda de él.

–Yo... –empezó a decir.

Pero no había nada que decir. Estaba abrumada. Esperaba un hijo de aquel hombre que la abrazaba con fuerza. Que le hacía sentirse en comunión con alguien por primera vez en su vida.

Nunca la habían querido. Y nunca había pensado en eso antes, pero allí, abrazada a él, deseó que las cosas hubieran sido diferentes. Que ella pudiera ser diferente. Que pudiera ser amada.

Él la abrazaba con fuerza y ella seguía temblando. Eduardo tapó a ambos con la ropa de la cama.

–Ahora duerme, querida. Mañana hablaremos más –dijo.

Ella asintió sin palabras. El nudo que tenía en la garganta le impedía hablar. Se acurrucó contra él, inhaló su aroma, cerró los ojos e intentó dormir para espantar todos los demonios que amenazaban con destruirla.

Eduardo se despertó cuando los primeros rayos del sol empezaban a filtrarse por las amplias ventanas de la habitación. Se giró a mirar a Hannah y le dio un vuelco el corazón.

¡Era tan hermosa! Y dolorosamente vulnerable. La había imaginado invencible, pero en aquellos momentos veía que se había equivocado.

Pensó en lo que había dicho el día anterior de que él apenas podía dirigir su negocio solo, y mucho menos con un bebé que lo distrajera. Tenía razón. Y, sin embargo, cuando pensaba en su infancia, en el modo en que había sido su padre, severo y distante, pero firme y muy presente, no podía imaginarse siendo menos para su hijo.

Tenía recursos para cuidar de su hijo o su hija. Y su madre estaría encantada.

«¿Y si no puedes? ¿Y si el llanto del bebé te da migrañas y la falta de sueño te impide concentrarte? ¿Qué harás entonces?».

Ya lo pensaría. No había más remedio. Podían contratar a las mejores niñeras. Pero se las arreglarían, de eso estaba seguro.

Bajó la mano hasta el estómago de Hannah y el corazón le latió con fuerza.

—¿Estás despierta? —susurró.

Hannah abrió lentamente los ojos.

—Oh.

—Pareces decepcionada —musitó él.

Ella se colocó boca abajo y hundió el rostro en la almohada.

—Me he vuelto a acostar contigo.

—Lo recuerdo.

Ella volvió a girarse.

—No ha sido buena idea. Eso confunde las cosas.

—Eso seguramente sea cierto —Eduardo se sentó en la cama, sin preocuparle que seguía desnudo. Hannah apartó la vista y se subió la sábana hasta el pecho—. Quiero hablar contigo del bebé.

Ella se mordió el labio inferior.

—¿Ahora?

—Podemos ducharnos antes. Luego damos un paseo por la playa.

Hannah asintió.

–De acuerdo.

Eduardo la besó en la frente y saltó de la cama. Antes de entrar en el baño, se volvió y la vio salir de la cama envuelta en la sábana.

–Puedes prescindir de eso, Hannah –dijo–. Ya lo he visto todo.

Una sonrisa triste entreabrió los labios de ella.

–A la luz del día no. Te veo dentro de un rato.

Se volvió, todavía tapada, y salió de la habitación.

Hannah terminó de ducharse la primera y estuvo unos momentos a solas en la zona del desayuno. Comió medio bol de fruta y después preguntó a uno de los empleados si podían servirle beicon. Le apetecía el beicon.

Lo mordisqueó mientras pensaba en lo que ocurriría ese día. Tendría que decirle la verdad a Eduardo. No había modo de evitarlo. Tenía que explicarle lo que le sucedía.

Él llegó vestido con pantalón corto y sandalias, preparado para el paseo por la playa. Ella no tenía pantalones cortos, así que tendría que conformarse con arremangarse los vaqueros.

–No tengo hambre –dijo él–. ¿Estás lista?

Ella tomó otra tira de beicon y se levantó.

–Sí.

Siguieron un sendero que cruzaba el prado de atrás y bajaba la colina. Guardaron silencio hasta que llegaron a la playa.

–¿Cómo te sientes, Hannah? Cuéntamelo. ¿Todavía quieres renunciar al niño?

A ella se le encogió el corazón.

—No es cuestión de querer. Se trata de hacer lo mejor para el bebé. Yo estoy casada con mi trabajo y tú estás dispuesto a hacer cualquier cosa por el tuyo. ¿Cuándo vamos a encontrar tiempo para criar a un hijo? Y si yo estoy en Estados Unidos y tú en España...

—Pues quédate aquí.

—¿Que me mude a España?

—Ya has vivido antes aquí. Te gustó.

Hannah adoraba España. En muchos sentidos la sentía como su hogar.

—Sí —musitó—, pero tengo un trabajo en San Francisco, suponiendo que no hayan vaciado ya mi escritorio.

—Te quedan muchos trabajos más.

—Esa no es la cuestión.

—¿Y cuál es?

Ella guardó silencio.

—Mi padre estaba muy comprometido con su empresa y fue un buen padre.

—Tú estabas enfadado con él la mitad del tiempo.

—Lo sé. Porque era joven y estúpido.

Llegaron hasta un bosquecillo de árboles y caminaron bajo ellos.

—¿Sabes cuánto tiempo absorberá un bebé? —preguntó ella.

—No. Pero ningún padre lo sabe hasta que tiene uno.

—Tengo miedo —susurró ella, con lágrimas en la voz.

—Pues claro que sí. El parto es una experiencia desconocida. El embarazo puede ser...

—No —ella negó con la cabeza, intentando ignorar el dolor que fluía por sus venas—. Sé lo que es el embarazo. Lo que es sentir a tu bebé moverse dentro de ti por primera vez. Es un milagro –las lágrimas empezaron a rodar por sus mejillas–. El parto es tan horrible como dicen, pero al final hay una vida. Y eso compensa por todo. Por las náuseas, las estrías, el dolor...

–Hannah –musitó él.

–Tenía diecisiete años cuando me quedé embarazada y sabía que no era capaz de cuidar de un bebé. Lo entregué en adopción porque era lo que tenía que hacer. Pero no estoy segura de poder pasar por eso otra vez. No creo que pueda ni que deba dar a este. Y tengo miedo de que, si me lo quedo, comprenda de verdad lo que cedí entonces.

Capítulo 11

LA EMOCIÓN embargaba a Hannah. Podía ahogarse en ella, en el dolor, en la desgracia. La crudeza de la verdad era... era fea y, sin embargo, parte de ella.

–Hannah, eso tuvo que ser...

–Hay días en los que me alegro de haberlo hecho. Yo era pobre, no tenía futuro y no podía ofrecerle nada. Solo más pobreza y descuidarlo mientras intentaba ganar dinero suficiente para mantenernos en un sucio apartamento que pudiera pagar. Pero algunas personas salen adelante con eso. Yo solo... sabía que no era lo bastante fuerte, que no sabía cómo.

–¿Y el padre?

Ella negó con la cabeza.

–No lo conocía bien. Era un chico más con el que me enrollé en una fiesta. No era mi novio. Obviamente, yo era una irresponsable. No era la primera vez que hacía algo así. Él se fue a la universidad. Lo llamé para decirle lo del bebé, pero no me devolvió la llamada.

–¿No te la devolvió?

–Los dos éramos jóvenes y estúpidos. Él tenía la universidad. Era un modo de salir del agujero infernal en el que vivíamos y probablemente lo último que quería era lidiar con tener un hijo allí. Eso no lo disculpa, pero... tampoco estoy furiosa con él.

−¿Y después de eso fue cuando te cambiaste el nombre?

−Sí. Necesitaba ser otra persona. No sé cómo explicarlo, pero ya no podía ser aquella chica. Los Johnson, los padres adoptivos, pagaron mis cuidados prenatales y el hospital, pero también hicieron que la agencia me enviara dinero. Algo para ayudarme a empezar de nuevo. Entonces sentí que tenía que elegir entre volver al lugar donde había vivido o intentar un comienzo nuevo. Por primera vez sentía que podía ser algo. Me cambié el nombre y averigüé lo que tenía que hacer para entrar en la universidad. Encontré gente que me ayudara a falsificar el historial académico. Y me compré un billete para Barcelona.

−Y has estado huyendo desde entonces −dijo él.

−Sí −Hannah miró el mar−. Pero no puedo huir de esto.

−Yo tampoco. Esta es la realidad y tenemos que afrontarla. Pero estoy seguro de que podremos hacer que funcione.

−Tengo miedo.

−Ven aquí −Eduardo se sentó al pie de uno de los árboles y se apoyó en el tronco.

Hannah se acercó y se sentó a su vez, dejando espacio entre ellos.

−Las cosas son distintas ahora −dijo él−. Haremos esto juntos.

Ella se puso una mano en el estómago.

−¿Crees que podremos?

Eduardo colocó una mano encima de la de ella.

−Sí. Tú eres la mujer más fuerte que he conocido y yo... yo ya no soy como antes, pero en algunos sentidos...

–En algunos sentidos eres mejor –comentó ella. Pensó en el Eduardo de antes, en el hombre burlón que no se tomaba nada en serio.

–Sí, eso también.

Hannah se estremeció.

–Tengo miedo de meter la pata.

–Tú sabes qué fue lo que te faltó de niña, Hannah. Y creo sinceramente que sabrás lo que tienes que darle a tu hijo.

Ella se soltó y se puso de pie. Una cosa era cierta. Con él tocándola, no podía pensar con claridad.

–Espero que tengas razón.

–Todos los padres empiezan con miedo de no ser lo bastante buenos. O eso me han dicho.

Hannah suspiró.

–Recuerdo su cara –dijo, sin saber por qué había dejado escapar esas palabras.

–¿De tu bebé?

Ella asintió.

–Era un niño. Lo dijeron cuando nació. Y se lo llevaron y yo pensé que podría girarme deprisa, que no tendría que verlo, que podría fingir que no había sido real. Pero lo fue –parpadeó con fuerza, intentando no derrumbarse–. Nunca olvidaré su cara.

–Quizá no debas hacerlo.

–Ahora ya no quiero. Pero durante mucho tiempo, sí. Deseaba que desapareciera, no sentir que me faltaba algo dentro.

–¿Todavía es así?

Ella tragó saliva.

–En cierto modo, sí. Pero tengo que olvidarlo, ¿no? No soy su madre. Ni siquiera sé cómo se llama. Nunca lo abracé ni lo besé. No le vi dar sus primeros pasos ni ir a la escuela por primera vez. Nunca le he curado una rodilla herida ni... –no podía respirar. Tardó un momento en darse cuenta de que era porque estaba sollozando.

Se sentó en el suelo. Le ardía la garganta. Era la primera vez en años que lloraba de verdad. La primera vez que se permitía entender del todo lo que había perdido.

Eduardo se arrodilló a su lado, pero no la tocó. Ella se lo agradeció. Si la tocaba, se derrumbaría del todo sobre él.

Al fin pasó la tormenta. Ella se echó hacia atrás y se llevó las rodillas al pecho.

–Nunca le dije que lo quería –musitó.

–Era un bebé –murmuró Eduardo con voz ronca.

–Lo sé, pero... ni siquiera me dejé sentirlo –lo miró–. Pero lo quiero.

–Lo sé –contestó él.

Eduardo tenía la sensación de que se le iba a salir el corazón del pecho. Miedo. Era puro miedo. No sabía qué hacer con tanto sentimiento, no creía tener fuerzas para apañárselas con él. Lo que Hannah había sufrido... lo que había perdido... era mucho más de lo que había perdido él.

Y, sin embargo, sabía que ella no había tenido otra opción.

Se acercó a ella, sin saber si debía tocarla o no.

–Hannah, mira todo lo que has logrado en tu vida. Tomaste la decisión correcta para los dos. Para que ambos pudierais vivir mejor.

–Lo sé –repuso ella con voz firme–. Lo sé. Pero que una decisión sea correcta no significa que no duela mucho. Duele mucho querer así, querer a un niño. Nunca vuelves a ser el mismo.

Eduardo sintió otra punzada de miedo.

–Eso no importa –dijo.

–¿Lo crees de verdad?

–Tengo que creerlo. Hemos creado un bebé y o bien decidimos renunciar a él o conservarlo. Yo creo que debemos quedárnoslo –la idea le aterrorizaba en muchos sentidos, pero no tanto como la idea de sentir el tipo de dolor que sentía Hannah.

Ella se abrazó el cuerpo como si tuviera frío.

–Supongo que sí –dijo.

–Lo haremos juntos. Yo estaré contigo.

Ella lo miró a los ojos.

–Confío en ti –declaró.

Y él sabía que aquel era probablemente el mayor cumplido que había recibido en su vida.

Lo haría. No tenía otra opción.

Eduardo alzó la cabeza del suelo. ¿Cómo era posible que el armario de las medicinas estuviera tan lejos? Después de volver de la playa, su jaqueca había ido empeorando hasta que cualquier fragmento de luz, cualquier sonido, se habían vuelto insoportables.

Y había aplazado tomar su medicina. Lo había aplazado porque no quería que Hannah lo supiera.

Se le nubló la visión y otra punzada de dolor le atravesó la cabeza y el cuerpo. Lo embargó la náusea y volvió a apoyar la cabeza en el duro suelo. Rezó para que el frío funcionara como una bolsa de hielo y lo aliviara lo suficiente para poder levantarse a buscar sus pastillas.

Lo golpeó una nueva oleada de dolor y se acurrucó,

intentando escudarse contra futuros ataques. Sabía que era imposible, pero eso no le impedía intentarlo.

–¿Eduardo?

La voz de Hannah atravesó la puerta y atravesó su cráneo. Quería decirle que se marchara, pero solo imaginar el dolor que eso le causaría le producía un sabor a bilis en la garganta.

–¿Eduardo? –la voz sonaba más cerca, más aguda.

Él gimió en el suelo, colocó la mano delante de su cuerpo e intentó incorporarse. La recompensa fue otra puñalada en el cráneo, tan fuerte que vio puntos negros.

–Vete, Hannah –dijo. Un gemido brotó de sus labios cuando lo atravesó otra oleada de dolor. Lo golpeó como un muro, con fuerza suficiente para bloquear su visión. No podía ver ni podía moverse.

–¿Estás bien? Me estás asustando.

Él volvió a apretar la frente en la baldosa. Respiró hondo, preparándose para la agonía que se iba a causar él mismo. Pero ella no podía verlo así. En el suelo, inmovilizado, sudando, temblando. Ciego.

–Márchate, Hannah –rugió. Y su voz le causó un intenso tormento físico que empezaba en la cabeza y se iba desplazando por el resto de él. Su cara estaba húmeda, no sabía si por el sudor o por una debilidad imperdonable.

–Eduardo, voy a abrir la puerta. Lo siento, pero la voy a abrir. Me has asustado.

Ella abrió la puerta y él extendió el brazo, intentando detenerla, pero estaba demasiado débil para alzar el brazo.

–Oh. ¿Estás bien? –ella se arrodilló a su lado y le puso la mano en la cara.

Él negó con la cabeza. Intentó volver a hablar.

—Armario de las medicinas —dijo.

La oyó levantarse y el ruido que hizo rebuscando en el armario fue como un tambor en la cabeza de él. Oyó correr el agua y luego Hannah se arrodilló de nuevo a su lado.

Hannah lo miró y la embargó el pánico. Él había mencionado que tenía migrañas, pero ella no había pensado que serían tan intensas.

Se sentó detrás de él. Lo agarró por las axilas y tiró de él hacia arriba hasta que la cabeza de él descansó en su muslo. Eduardo tenía la cara húmeda de sudor y lágrimas y a ella se le encogió el corazón. Odiaba lo que veía, no por ella, sino por él. Porque sabía que aquello golpeaba su orgullo, mataba una parte de él que Eduardo consideraba esencial.

Tomó el vaso de agua que había dejado en el suelo e intentó colocarle la cabeza en ángulo. Él abrió la boca y ella le puso las pastillas en la lengua. Acercó el vaso a sus labios y lo inclinó levemente. Él tragó las pastillas, cerró los ojos y dejó caer la cabeza en el regazo de ella.

Hannah dejó el vaso en el suelo y se apoyó en la bañera, con las manos en el pecho de él. De vez en cuando se tensaban los músculos de él y su rostro se contorsionaba. Ella seguía allí, sosteniéndolo. Nada la haría moverse de allí. Eduardo era suyo. Respiró hondo. No sabía lo que aquello significaba, solo sabía que lo era. Que de todas las personas del mundo, era la única que parecía comprenderla. La única que parecía querer intentarlo.

Eduardo le importaba. Le importaba más que el trabajo, más que su éxito personal o su imagen. Él le importaba.

El hombre hermoso que tenía en sus brazos se merecía que lo quisieran y ella podía quererlo. Le dio un vuelco el corazón. Quizá pudiera hacerlo. Quizá pudieran hacerlo juntos.

Una cosa que sabía de cierto, sentada allí con él en sus brazos, era que algunas personas valían que las quisieran. Eduardo lo valía y el bebé también.

Una sensación de anhelo, de ternura, la golpeó en el pecho. Cerró los ojos y dejó que una lágrima se deslizara por su mejilla. Bajó la cabeza y apoyó la frente en la de él. No sabía nada de matrimonio, de niños ni de ser madre. Pero él hacía que quisiera intentarlo.

Cuando Eduardo se despertó, estaba oscuro.

—¿Hannah?

—Estoy aquí –dijo ella.

Su voz sonaba cansada, como si la hubiera despertado. Él tardó un momento en darse cuenta de que estaba en la cama y ella estaba sentada a poca distancia.

—¿Cómo conseguiste traerme a la cama?

—Ah, vamos, Eduardo. Te he llevado a la cama un par de veces. Y no ha sido muy difícil.

Él se sentó.

—Lo digo en serio –sus ojos empezaban a adaptarse a la penumbra y ya podía verla, sentada en el sillón con las piernas debajo del cuerpo.

—Viniste andando. Y no está tan lejos.

—No quiero que tengas que enfrentarte a estas cosas.

—¿Con qué frecuencia suceden? –preguntó ella.

—¿Las migrañas? Una vez a la semana más o menos. Las migrañas como esta... hacía meses que no sufría una tan intensa. Se van espaciando, pero...

–Todo el estrés.

–No necesariamente –repuso él.

–He estado pensando en el bebé y en nuestro futuro.

Él tragó saliva.

–¿Qué pasa con eso?

–Ya estamos casados. Creo que deberíamos seguir estándolo. Que deberíamos ser una familia.

–¿Una familia? ¿Qué crees tú que constituye una familia? ¿El matrimonio?

Ella se levantó del sillón y empezó a pasear por la estancia.

–No lo sé. Nunca he tenido una familia. Pero sé lo que no es. Lo que yo tuve no es una familia.

A Eduardo se le encogió el corazón por ella. Por la mujer que era y por la niña que había sido Quería abrazarla. Borrar todo lo malo que le había pasado. Cuidarla.

Entonces recordó los sucesos de las últimas horas. Que Hannah se había pasado la tarde cuidando de él.

Él no podía darle lo que necesitaba, lo que se merecía.

–Hannah, ¿comprendes lo que has visto hoy? Cuando eso ocurre, no puedo moverme. No veo. ¿Quieres intentar crear tu familia perfecta conmigo?

–Eras tú el que quería intentarlo –replicó ella–. Y yo también quiero. Dijiste que lo haríamos juntos. Yo quiero que funcione. Y lo mejor de todo es que no tenemos que hacer nada. Ya estamos casados. Ya hemos hablado de vivir en Barcelona. Es perfecto.

–¿Y nosotros? –preguntó él.

Hannah sintió un nudo en el estómago. Por supuesto, también habría sexo. El sexo entre ellos era fantástico. Y ella lo quería, de eso no había duda. Y si estaban casados... bueno, era lo lógico.

Entonces pensó en el momento en el suelo del baño, cuando lo había tenido en sus brazos y había sentido que era parte de ella. La idea de estar a su lado en aquel momento, en el que se sentía desnuda en el aspecto emocional, sin defensas, la asustaba mucho.

—No puedo pensar en eso ahora —dijo—. Tengo que procesar las cosas de una en una. Tendremos todo el tiempo del mundo para ir conociéndonos.

—Me parece bien —repuso él, con voz ronca.

—Entonces... ¿seguirás casado conmigo?

—Sí.

—Estupendo. ¿Necesitas algo?

—No. Solo dormir.

—Bien. Entonces te dejo.

Hannah salió de la habitación. Y entonces se dio cuenta de que había contenido el aliento. Tendría que controlarse mejor. No podía permitirse enamorarse de él. Nunca había creído en el amor, o, al menos, no había creído que fuera capaz de amar ni que pudieran amarla a ella.

Y no podía permitirse depender tanto de él. Necesitarlo tanto. Pensó en el momento posesivo que había vivido en el suelo del baño, cuando había pensado que él era suyo.

Tragó saliva. Ya se ocuparía después de los sentimientos. Por el momento tenía que centrarse en los puntos positivos. Iba a tener un hijo. Eduardo y ella iban a hacer lo mejor para su hijo. Tenía un plan. Y, cuando ella hacía planes, los cumplía. Un plan siempre arreglaba las cosas.

De pronto todo le parecía mucho más factible.

Capítulo 12

HANNAH pulsó el botón de Enviar en el email y gimió interiormente. Acababa de despedirse de su trabajo en San Francisco. El día anterior había contactado con una empresa de mudanzas para que limpiaran su apartamento y su exsecretaria estaba trabajando en poner a la venta la casa y los muebles.

Se abrió la puerta de su despacho y entró Eduardo lanzando un juramento.

–¿Por qué maldices? Soy yo la que acaba de dejar su trabajo –dijo ella. Llevaban una semana entera en Barcelona y hasta el momento, las cosas entre ellos habían sido muy civilizadas y organizadas.

No habían mencionado reanudar su relación física. Tampoco habían mencionado el futuro ni la migraña. A Hannah le parecía bien eso. Utilizaba el tiempo para intentar reconstruir sus muros, para controlar un poco la sensiblería que parecía apoderarse de ella.

Dormía cada uno en su habitación e iban a trabajar juntos. Y habían decidido que ella sería la nueva administradora financiera de Comunicaciones Vega.

En conjunto, había sido una buena semana, aunque ella se sintiera confusa, sola... y con náuseas.

–Esta noche hay un evento de recaudación de fondos y lo había olvidado.

—¿Esta noche?

—Sí, después del trabajo.

—No es tan grave. Ve a ponerte un esmoquin y relaciónate un par de horas. No te morirás.

—No soy divertido.

—No eres aburrido.

—Tienes que venir conmigo.

—No, gracias.

—Hannah Vega, tienes que venir conmigo porque eres mi esposa. Y mi empresa y su éxito son muy importantes para ti. Lo que significa que también debe importarte que mi vida dé una impresión de estabilidad. Después de todo, este es el legado de tu hijo, o tu hija.

—Todo irá bien —comentó ella—. No sé si me apetece salir de fiesta y evitar beber champán, pero, eh, ¿por qué no?

Él la miró con preocupación.

—Perdona, no he pensado que podías no sentirte bien. ¿Puedes hacerlo?

—No te preocupes por mí, a mí me preocupas más tú. ¿Puedes tú?

La expresión de él se ensombreció.

—Estoy bien.

—Pues dime qué color debo llevar y estaré lista a... ¿a qué hora?

—Las ocho.

—Las ocho. Esas cosas se me dan bien.

—Ya lo sé.

—Pues deja de actuar como si el mundo se estuviera hundiendo a tu alrededor —ella se levantó y tomó su bolso—. ¿Qué color quieres que lleve?

—¿Por qué lo preguntas?

–Tengo que ir de compras.

Él la miró con ojos brillantes.

–Ve de rojo –dijo.

Ella lo miró de arriba abajo.

–Sí. Tal vez.

Pasó a su lado y salió del despacho.

Eduardo se sentía fatal. Estaba con la mujer más sexy de la habitación y probablemente del mundo, pero era terreno prohibido para él porque necesitaba tiempo para pensar en hacia dónde iban las cosas entre ellos. Y él también necesitaba tiempo. No estaban en posición de tener una aventura divertida y apasionada. Estaban casados e iban a ser padres.

No era que no pudiera tocarla. Era su esposa y los demás tenían que ver una pareja comprometida y entregada. Sobre todo la prensa.

Pero con Hannah ataviada con un elegante vestido rojo con un solo tirante que se recogía en el hombro como un lazo y le hacía parecer un regalo tentador, el juego era una tortura. Y no le bastaba con tocarla un poco.

–Ese vestido es una maravilla –dijo, con la vista fija en la elegante curva del cuello de ella.

–Y hace juego con tu corbata –repuso ella. Se giró y pasó los dedos por la corbata de seda roja.

–Dudo de que alguien se haya fijado en mi corbata.

–Es imposible no fijarse en un hombre sexy con un traje estupendo –ella lo miró con apreciación–. Créeme, se han fijado.

–¿A qué debo ese cumplido?

–Solo soy sincera –ella sonrió y tiró de él hacia un

hombre mayor, acompañado de una mujer que debía de ser veinte años más joven.

Conversaron un momento. Hannah le preguntó por sus hijos ya crecidos y por su empresa. Eduardo siguió su ejemplo y consiguió hablar un momento con la acompañante, a la que el hombre más mayor presentó como Laura.

Cuando se alejaron, Eduardo se inclinó hacia Hannah.

—¿Por qué no se ha presentado él?

Hannah lo miró con los ojos muy abiertos.

—Ese es Carlo Caretti.

Eduardo conocía el nombre y, peor aún, tenía la sensación de que había visto al hombre en más de una ocasión.

—Ha hecho unos pedidos importantes a Vega de teléfonos móviles para Caretti International —dijo, cuando consiguió acordarse.

—Sí. Es un gran cliente tuyo. Lo ha sido desde hace años.

—No lo había visto desde...

—Lo sé. No importa. Lo has hecho muy bien.

Él dejó su copa de champán en una mesa. Hannah no podía beber, así que él tampoco debía hacerlo. Lo que le recordó que no le había preguntado cómo se sentía.

—¿Estás bien? —preguntó.

—Sí —respondió ella—. Me gustan las fiestas.

Se acercó otra pareja a charlar con ellos y, por suerte, no se conocían, así que Eduardo no se sintió como un estúpido cuando se marcharon.

—No los conozco, ¿verdad? —preguntó para cerciorarse.

–No creo. Si los conoces, no sé de qué, así que no pueden ser muy importantes. ¡Ah! Eso ha sonado fatal.

–Bueno, así es como ves tú las cosas, ¿no? En términos de su valor para los negocios.

Ella frunció el ceño.

–Generalmente sí, pero no estoy segura de que me guste.

–A mí no me importa.

–No lo veo todo así –declaró ella. Y él supo que se refería al bebé.

–Ya lo sé.

Ella se mordió el labio inferior y asintió. Eduardo le pasó el brazo por la cintura y caminó con ella por el salón. La gente conversaba, miraba los cuadros de las paredes y anotaba precios mucho más elevados de lo que valían. Pero la recaudación era para un hospital infantil y todos se sentían generosos.

Hannah se detuvo ante el cuadro de una mujer. Estaba en una calle ajetreada, entre una multitud. Miraba en dirección opuesta a los demás y había un espacio a su alrededor mientras que el resto de las personas se fundía en una masa indistinguible.

–Ella es especial –dijo él. Desde luego, destacaba. Le recordaba a Hannah. Una mujer que no podía fundirse con los demás.

–A mí me parece solitaria.

–Pero destaca –comentó él.

–Sola.

Él le acarició la mejilla con el pulgar.

–No está sola.

Ella parpadeó.

–Quiero pujar por este –tomó un papel y anotó una

cifra que le ocultó a Eduardo. Dejó caer el papel cuadrado en la caja.

–Creo que yo también pujaré –él anotó también un número y echó el papel en la caja–. Voy a ganar yo –anunció. Quería ganar y regalarle después el cuadro a Hannah.

–¿Quieres que apostemos algo? –propuso ella.

–¿Apostar?

–Sí. Si gano yo, me debes un favor. Si ganas tú, te lo debo yo.

–¿Un favor?

–Un masaje de pies, medio día de trabajo... Algo así. Sé imaginativo.

–De acuerdo. Acepto la apuesta.

Se estrecharon la mano.

–¿Cuándo anuncian a los ganadores? –preguntó ella.

Eduardo miró su reloj.

–Las pujas se cierran en cinco minutos y después tardarán media hora en anunciarlos.

–Entonces podemos socializar un poco más.

Los anuncios empezaron un rato después. Un hombre empezó a leer las pujas ganadoras y a dirigir a sus autores a la parte de atrás del salón para extender los cheques.

–El lote número catorce es para Hannah Vega –dijo el hombre, que apenas se tomó un respiro antes de pasar al quince.

Hannah sonrió triunfante.

–Gano yo –echó a andar y él la siguió.

–¿Cuánto has pujado?

Ella sonrió con dulzura.

–Mucho.

–¿Por qué?

–Porque puedo. Tengo mucho dinero. Pero eso ya lo sabes. Además, contribuyo con bastante dinero a obras benéficas y ese cuadro me gusta. Lo colgaré en nuestra casa.

–¿Cuánto has pujado? –insistió él.

Hannah nombró una cifra y él enarcó las cejas. Llegaron a la mesa y Hannah extendió un cheque y se lo entregó a la mujer encargada de recogerlos.

–¿Quiere que se lo llevemos, señora Vega? –preguntó esta.

–Sí, gracias –Hannah se agachó y anotó su dirección–. Aquí, por favor.

Eduardo sacó su libro de cheques y anotó el doble de la cantidad que había pagado ella.

–Quiero hacer un donativo –anunció.

Hannah enarcó una ceja, pero no dijo nada hasta que se apartaron de la mesa.

–Eres muy machito –comentó.

–Es por una buena causa.

–Sí, pero lo has hecho principalmente para dar más que yo.

Él se encogió de hombros.

–No quiero que la gente piense que tenías que ser tú la que pujara y pagara.

–¿Eso importa?

–Claro que sí. Soy tu esposo. Se supone que debo cuidar de ti.

Ella enarcó una ceja y apretó los labios.

–En ese caso, me alegro de que hayas hecho el donativo.

–¿Quieres irte ya? –preguntó él.

–Si tú quieres, sí.

—Yo quería antes de que llegáramos.

Hannah se echó a reír. Se agarró de su brazo y salieron juntos.

Tomaron un taxi hasta el ático.

—Debes de estar cansada —dijo él, cuando entraron en la casa.

—Un poco.

—Yo también. Me voy a la cama. Te veré por la mañana.

—Espera —dijo ella.

Eduardo se volvió.

—Todavía me debes un favor.

Capítulo 13

HANNAH dio un paso hacia él y agradeció interiormente que no le temblaran las piernas.

—No te vas a librar tan fácilmente —dijo—. Lo primero es lo primero. ¿Cuánto has bebido esta noche?

Eduardo frunció el ceño.

—¿Por qué?

—Porque estoy sobria y me niego a aprovecharme de un hombre ebrio.

—Estoy tan sobrio como tú.

—Excelente —ella parecía muy tranquila. Miró a su alrededor, intentando pensar en lo que iba a pedir.

Cerró los ojos y movió la cabeza. No lo planearía. Pediría lo que quería. La idea de tener a Eduardo a su disposición le resultaba muy excitante. Se acercó a él con el corazón latiéndole con fuerza.

—Quítate la corbata.

Él esperó un momento y luego obedeció. Dejó caer la prenda al suelo.

—La chaqueta —dijo ella.

Él obedeció.

—Ahora la camisa —siguió Hannah.

Observó cómo se desabrochaba los botones y dejaba caer la prenda también al suelo. Se alegraba de verlo con la luz encendida, de ver bien sus músculos esculpidos y bien definidos. Lo deseaba solo con mirarlo. Nunca había deseado a nadie así. Él bajó las manos al cinturón y ella posó la vista en su erección. Respiró con fuerza.

–Todavía no.

Él retiró las manos. Le brillaban los ojos. Hannah sabía que disfrutaba con el juego, pero también sabía que estaba esperando el momento apropiado para darle la vuelta.

–Ve a sentarte en el sofá –dijo.

Él echó a andar hacia el sofá y ella lo siguió.

–¿Me estás mirando? –preguntó él. Se sentó en el sofá de suave piel y estiró los brazos sobre el respaldo.

–Desde luego. Y ahora intento decidir qué hacer contigo –contestó ella.

Se llevó las manos a la espalda y se bajó un poco la cremallera del vestido. El tirante resbaló de modo que la parte superior de la prenda quedó peligrosamente baja, sobre los pechos pero a punto de mostrar el sujetador rojo de encaje que llevaba debajo.

La cara de Eduardo se puso tensa. Apretó los puños, pero no se movió.

Ella bajó más la cremallera y dejó que el vestido le cayera hasta la cintura. Oyó que el respiraba con fuerza.

–¿Más? –preguntó.

–Tú eres la jefa –repuso él, entre dientes.

Hannah sonrió y terminó de bajar la cremallera del todo, hasta que el vestido cayó al suelo y ella quedó ataviada con unas medias hasta medio muslo y sujetador y tanga a juego.

Se acercó al sofá y se sentó a su lado, dejándose calentar por el calor de él. El deseo que leía en sus ojos borraba cualquier incomodidad que pudiera sentir ella.

Le puso las manos en el pecho y pasó las yemas de los dedos por sus músculos bien esculpidos. Ya no quería jugar más.

—Eres el hombre más sexy que he visto en mi vida —bajó la cabeza y le pasó la lengua por el pezón. Él alzó la mano, le deslizó los dedos en el pelo y la atrajo hacia sí.

Ella le dio un beso en el estómago.

—Soy la mujer más afortunada del mundo, de eso no hay duda.

Eduardo soltó una carcajada ronca.

—Eso no lo sé, pero yo debo de ser el hombre más afortunado.

Ella sonrió, le desabrochó el cinturón y los pantalones. Se los quitó y él quedó desnudo. Hannah agarró su erección y él echó la cabeza hacia atrás y empezó a respirar con fuerza.

Ella se agachó a saborearlo y se sintió gratificada por el sonido de placer que salió de labios de él. Le dio placer de aquel modo hasta que él estuvo temblando, hasta que una fina capa de sudor cubrió su piel.

—Hannah —dijo con voz ronca—. Todavía no. Por favor.

Ella alzó la cabeza y le dio un beso en el estómago. Lo besó en los labios con pasión. Cuando se separó, los dos jadeaban. Él le sujetó la barbilla entre el índice y el pulgar y la miró a los ojos. Hannah sintió una presión en el pecho que le dificultaba la respiración. Quería llorar y reír al mismo tiempo.

Volvió a besarlo y él la atrajo sobre su regazo y le acarició las curvas, atormentándola, creando con sus manos la tortura más dulce que ella hubiera podido imaginar.

Hannah le puso las manos en los hombros y se apretó contra él. La erección de él la rozaba justo donde estaba húmeda y preparada para él.

Eduardo deslizó un dedo debajo del tanga y pasó la yema por el clítoris. Ella gimió, apoyó la cabeza en el cuello de él y lo besó allí.

—No puedo esperar más —dijo, con voz temblorosa.

Él apartó el tanga a un lado y la penetró. Ella dio un respingo y se apretó contra él al sentirse llenada. La carrera hasta la cima fue rápida y furiosa. Eduardo le agarró las caderas y tiró de ella hacia sí mientras la embestía con movimientos fuertes y perfectos.

Hannah se movió contra él y la tensión se fue acumulando en su cuerpo hasta que llegó al clímax en medio de una oleada de placer que la dejó saciada y consumida.

Él la embistió una última vez y pronunció su nombre al llegar al orgasmo.

Apoyó la cabeza en la de ella y su aliento, fuerte y cálido, le abanicó la mejilla. Ella se abrazaba a su cuello y él alzó una mano y le apartó el pelo de la cara. Le temblaban las manos.

Hannah apoyó la cabeza en su hombro y se dejó abrazar. ¡Había tenido tanto miedo de momentos como aquel! De perder el control y volver a ser la chica salvaje y estúpida que había sido de adolescente.

Pero de pronto comprendió que ya no era aquella chica. Había cambiado. Y había estado reprimiendo a la verdadera Hannah Weston porque tenía miedo.

¿Miedo de qué? De sufrir. De querer.

De amar.

Pero allí estaba, con el único hombre que conocía

sus secretos. Y él le importaba mucho, pero no sentía que eso la volviera débil.

Se sentía más fuerte que en mucho tiempo. Quizá más fuerte que nunca. Y no iba vestida para una reunión de trabajo. Estaba desnuda, acurrucada con Eduardo y al borde de las lágrimas.

—¿Quieres que me mueva? —preguntó, inhalando su aroma.

Él la estrechó con más fuerza.

—No.

Ella volvió a besarle el cuello.

—Mejor. Supongo que las cosas se pueden complicar ahora. Pero, mirándolo por el lado bueno, el sexo entre nosotros es fantástico.

—Hannah, piensas demasiado. En este momento, yo no puedo pensar.

—De acuerdo. Dejaré de pensar —ella se colocó de lado y él le puso la mano en el estómago. Ella miró la mano de él sobre su piel pálida.

Él apartó la mano y miró su estómago. Frunció levemente el ceño y recorrió una línea blanca con la yema de un dedo.

—Estrías —explicó ella, que por una vez no se sentía rara sobre su pasado—. Tuve muchas con él.

—Señales de tu fuerza —comentó él con voz ronca.

—O de mi debilidad.

—Eso jamás. Eres la mujer más fuerte que he conocido. Todo el mundo comete errores, pero hay que ser grande para triunfar a pesar de ellos.

—Siempre pienso que he triunfado por ellos —contestó ella—. Porque quedarme embarazada me obligó a mirarme a mí misma. A darme cuenta de que no era mejor que mis padres, a los que tanto despreciaba. De

que era igual de irresponsable. De que repetiría el cír-
culo, a menos que hiciera algo por romperlo.

–Y lo hiciste.

Ella asintió.

–Sí –aunque en realidad, tenía la sensación de que
acabara de romperlo. Había estudiado y había ganado
dinero, pero dudaba de que hubiera querido a alguien
hasta aquel momento.

Miró a Eduardo. A él sí lo quería.

–Creo que es hora de que sigamos en la cama –comentó él–. Y te puedes quitar los zapatos –le quitó los
zapatos negros de tacón de aguja–. El resto te lo qui-
taré luego.

La alzó en brazos y ella se agarró a él con fuerza,
incapaz de dejar de mirarlo, regodeándose en el sentimiento de enorme ternura que se extendía desde su
pecho por el resto de su cuerpo.

Amaba a Eduardo. El amor era distinto a lo que se
había imaginado.

Era mejor.

Pasaron dos semanas y Eduardo tuvo a Hannah en
su cama todas las noches. Todos los días intentaba ir
al trabajo y concentrarse en lo que tenía que hacer. A
veces lo conseguía más que otras. No sabía qué parte
se debía a su cerebro y cuál a Hannah.

Ella era suave como la seda, era perfecta. La imagen de ella invadía constantemente su mente. Incluso
allí, en la sala de espera del médico, pensaba en lo que
llevaba ella debajo del vestido amarillo de seda. O,
mejor dicho, sus pensamientos oscilaban entre eso y
la salud del bebé.

La enfermera los pasó a la consulta y Hannah se quitó la ropa, se puso un camisón blanco de hospital y se tumbó en la camilla.

Entró la doctora y les explicó cómo funcionaba la máquina Doppler antes de levantar el camisón de Hannah y ponerle gel en el estómago plano.

–Veo que no es su primer embarazo –comentó la doctora Córdoba.

–No –respondió ella.

–¿Fue todo bien con el último?

–Sí –dijo ella con voz fuerte. Eduardo quería abrazarla. Besarla. Decirle lo valiente que era.

–Me alegra saberlo –la mujer puso el Doppler en el estómago de Hannah y lo movió hacia abajo. El aparato emitió un ruido extraño, que cambió ligeramente cuando la doctora ajustó la posición.

Después el ruido cambió a un zumbido rápido y Hannah sonrió y le tendió la mano.

–Eso es –dijo.

Eduardo escuchó el sonido del corazón de su hijo. Durante el resto de la cita, tuvo la sensación de estar en una nube, perdido de la realidad. Todo iba bien. Hannah debía volver al mes siguiente y harían una ecografía para obtener medidas y confirmar fechas.

Salieron de la consulta y Eduardo se alegró de haber contado con un chófer ese día. Su cabeza estaba demasiado saturada para pensar en conducir en aquel momento.

Abrió la puerta para Hannah y se sentó a su lado. Ella lo abrazó con una dulce sonrisa en los labios.

–El bebé está bien –dijo–. Me alegro mucho. Una parte de mí temía que...

Él la estrechó contra sí.

—No debes tener miedo.

—Lo sé. ¿Podemos parar en una oficina de correos?

—Por supuesto. ¿Qué quieres hacer allí?

—Quiero enviar esto —ella sacó un sobre de su bolso y se lo tendió—. ¿Quieres leerlo?

Eduardo abrió el sobre y sacó una carta escrita a mano. Cuando empezó a leerla, tragó saliva con fuerza. Tenía un nudo en la garganta que lo acompañó durante toda la carta.

Era una carta a su hijo. Una carta en la que le hablaba de sus circunstancias y le decía lo que pensaba de él. Que esperaba que estuviera bien y que lo quería.

—La envío a la agencia de adopción —dijo ella—. Así, si alguna vez quiere saber algo de mí, puede ir y se la darán, pero si no quiere... entonces no quiero interrumpir su vida.

—Me parece perfecto, Hannah —dijo él.

—Es todo lo que sentía que tenía que decirle. Sobre todo, que necesito que sepa que fue querido y que... que tiene una persona extra en el mundo que lo quiere y piensa en él.

Él la besó en la cabeza.

—Dos. Yo también pensaré ya en él. Siempre.

Hannah sonrió.

—Gracias.

Él la estrechó contra sí. Después de leer la carta de ella, había algo que entendía mejor. Un niño cambiaría las cosas. Lo cambiaría a él. Y además estaba Hannah, y estaba la empresa. Y él era el hombre que tenía que cuidar de todo eso.

Cerró los ojos y apretó los dientes para combatir la migraña que amenazaba con volver a apoderarse de él.

Capítulo 14

EDUARDO, ¿tienes los informes trimestrales de las tiendas?

Hannah entró en el despacho con su aire eficiente de siempre. Pero también estaba distinta. Su rostro resplandecía de... felicidad.

Era una fuerza de la naturaleza. Eduardo ni podía ni quería ignorarla.

—Necesito los informes trimestrales —repitió ella—. Reenvíamelos, por favor.

—Espera. Tienen que estar en mi correo de entrada.

—Si quieres, los busco yo —se ofreció ella.

—No es preciso. Puedo hacer una búsqueda en mi email —contestó él. Escribió algo en el cuadrado de búsqueda y los encontró enseguida. Los reenvió a Hannah—. Ya los tienes.

—Gracias.

—Te veo cuando termine esto.

Ella asintió.

—De acuerdo. Hasta luego.

Salió del despacho y él se recostó en el respaldo de la butaca y se cubrió el rostro con las manos. Estaba sudando. ¿Por qué había sido aquello tan difícil? ¿Y por qué había olvidado los informes, en primer lugar?

Se distraía demasiado porque solo podía pensar en Hannah y el bebé. Y, cuando no pensaba en ellos, quería pensar en ellos. Por eso encontraba excusas para ir al despacho de Hannah o buscaba colegios y casas en los límites de la ciudad que no fueran áticos en torres altas.

Creía que podía hacer aquello. Cuidar de su hijo y de la empresa. Y podía. Pero Hannah tendría que llevarlo de la mano. Era su esposa y era él el que debía cuidarla a ella. Pero no hacía bien su trabajo. Le fallaba. «Hasta que la muerte nos separe». La había atado a él, a un hombre deficiente, cuando ella era excepcional, valiente y muy inteligente.

Estaba seguro de que, cuando había impedido su boda en Nueva York, ella lo había enviado al infierno un millar de veces. Pero ese día, por primera vez, se envió él mismo.

Eduardo seguía tenso cuando volvieron al ático. Hasta tal punto que Hannah casi temía decir algo por miedo a que explotara. No porque no pudiera tratar con él, sino porque tenía la sensación de que no era feliz. Y eso le preocupaba.

Porque ella era feliz. Acostarse con él todas las noches y despertarse con él todas las mañanas era más de lo que nunca se había imaginado que sería el matrimonio. Lo que él le hacía sentir cuando la tocaba era divino, pero la conexión entre ellos lo era todavía más. Sentía que él era una parte de ella. Y sabía con certeza que eso no tenía nada que ver con llevar a su hijo en el vientre, pues no había sentido ninguna unión mística con el chico que la había dejado embarazada la primera vez.

No. Eduardo era único y la conexión que sentía con

él, también. Era más profunda que el sexo. De hecho, había existido antes que el sexo.

Cuando se cerró la puerta a sus espaldas, él no dijo nada, solo la abrazó. Su beso fue duro y exigente, sus manos recorrieron las curvas de ella, tirando de su blusa, de su falda. Hannah le quitó la chaqueta y la dejó caer al suelo. Lo besó en los labios.

De camino al dormitorio fueron dejando un rastro de ropa. Los movimientos de él eran urgentes. Su boca, dura y hambrienta.

–Hay cosas que puedo darte mejor que ningún hombre –dijo, cuando la tumbó en la cama–. Hay cosas que puedo hacer –bajó las manos entre los muslos de ella y deslizó los dedos en los pliegues húmedos de su carne–. Cosas que puedo hacerte sentir mejor que ningún otro hombre.

Deslizó un dedo en su interior y Hannah solo pudo asentir con la cabeza.

–¿Me deseas? –preguntó él.

Ella volvió a asentir.

–Por supuesto.

–Dilo.

Ella lo miró a los ojos.

–Te deseo a ti, Eduardo Vega. Mi esposo.

Una sonrisa curvó los labios de él. Bajó la cabeza y le succionó un pezón con fuerza, antes de seguir con la boca hacia abajo, excitándola de tal modo que ella no podía pensar ni apenas respirar.

Cuando cubrió con la boca el núcleo de ella, Hannah no pudo hacer otra cosa que aguantar la ola de placer que amenazaba con arrastrarla.

Eduardo se ahogaba en el aroma de ella, en su sabor. Su cuerpo estaba en llamas. El corazón amenazaba con salírsele del pecho. La notó tensarse bajo él, sintió apretarse su cuerpo durante el orgasmo.

Le dio un beso en el estómago y le puso una mano bajo el trasero. La levantó para poder penetrarla con una embestida. Ella se arqueó contra él y soltó un grito ronco que él ahogó con sus labios.

Ella estaba muy caliente, con sus pechos redondos apretando el torso de él. Se tensó en torno a su pene y él perdió el control. Pero quería darle otro orgasmo.

La embistió con fuerza y ella se aferró a él y le dio besos en el cuello. Le susurró al oído lo sexy que era, lo bien que le hacía sentirse. Y él terminó de perder el control y el orgasmo lo invadió como fuego salvaje, imposible de parar, imposible de redirigir, un orgasmo que lo consumía todo a su paso. Soltó un sonido de placer cuando se derramó en ella y fue vagamente consciente de que Hannah se estremecía también con su propio orgasmo.

Apoyó la cabeza en los pechos de ella y esperó a que su corazón recuperara el ritmo normal. Inhaló el aroma de ella y Hannah le acarició la cara. Y él se dio cuenta de que, por muchos orgasmos que le diera a lo largo de su vida, eso no era prueba de que cuidaba de ella. Y, cuando llegara el momento de otra migraña, cuando estuviera acurrucado en el suelo, sin ver, sin apenas poder respirar, sería ella la que tendría que cuidarlo a él.

Sería un peso muerto para ella. Para todo por lo que ella había trabajado. Sería una cosa más de las que le impedían avanzar.

—Esta mañana estás más serio de lo habitual –comentó Hannah, cuando entró en la cocina y vio a Eduardo sentado a la mesa con expresión sombría.

Él se llevó la taza de café a los labios.

–Hannah, tenemos que hablar –dijo.

Ella sacó una botella de leche del frigorífico y lo cerró.

–¿De qué? –preguntó.

–De este arreglo.

–¿Qué pasa con él? –ella se volvió y sacó un bol de uno de los armarios, intentando ignorar la aprensión que empezaba a embargarla.

–No funciona.

Ella dejó el bol en la encimera.

–¿Qué? ¿Qué es lo que no funciona? ¿El sexo increíble? ¿La relativa armonía en la que vivimos?

–No es eso. Es... Tú tenías razón. No se me da bien combinar la vida doméstica y el trabajo y eso tiene que cambiar. Será todavía más difícil cuando nazca el bebé.

–Pero, Eduardo...

–Creo que sería mejor que mantuviéramos las cosas lo más sencillas posible. Quizá sería mejor que no intentáramos forzar un matrimonio entre nosotros. He estado mirando casas fuera de la ciudad, pero cerca. Un lugar más apropiado para criar niños. Podrías instalarte allí con el bebé y una niñera y yo podría estar aquí durante la semana.

–¿Qué? Eso no tiene sentido. ¿Cómo vamos a ser una familia si tú no vives con nosotros?

Él se levantó y golpeó la mesa con las manos con expresión tormentosa.

–Yo no soy el hombre al que deberías meter en ese papel. No puedo darte lo que quiera que sea tu visión de lo que debe ser una familia perfecta.

Hannah se agarró al borde de la encimera. El corazón le latía con fuerza. ¿Era eso lo que hacía? ¿Intentaba proyectar su ideal de perfección en él? ¿Intentaba construir una nueva fantasía?

El dolor agudo que sintió en el corazón le dijo que no. Que sus sentimientos eran reales.

–Crees que sabes cómo funciona el mundo –gruñó él–. Que las series en blanco y negro de la tele son una muestra de cómo debería funcionar la vida real. Pareces muy sofisticada, pero en muchos sentidos eres ingenua. Una niña pequeña que juega a disfrazarse.

–¿Eso es lo que crees? –la voz de ella era suave, pero la furia crecía en su interior. Y con ella el dolor por haberse permitido sentir tanto–. Ahora voy a ser sincera contigo. Me entregué a ti y eso no fue fingido. Y tú te entregaste a mí. ¿Y ahora qué? ¿Tienes miedo? Te has asustado porque olvidaste pulsar Enviar en un email y ahora estás dejando que se te suba a la cabeza.

–No es solo eso –dijo él con fiereza–. Tú has visto lo malo que puede llegar a ser.

–Sí, tuviste una migraña horrible, es cierto. Pero, si yo puedo soportarlo, no te toca a ti decir que no puedo. Estás poniendo excusas porque tienes miedo porque lo que hay entre nosotros, sea lo que sea, es algo grande. Y eso te asusta.

–Ahora me voy a trabajar. Puedes llamar a mi chófer y él te llevará luego.

–¿Vas a huir? –preguntó ella.

Él la miró sombrío.

–No huyo, soy razonable. Apenas puedo concentrarme en los deberes que ya tengo. No tengo ni la energía ni el deseo de ser un esposo para ti. No puedo... no puedo cuidar de ti.

Hannah sintió un dolor agudo.

–¿No quieres ser mi esposo? –preguntó.

–No.

Ella movió la cabeza.

–De acuerdo. Está bien. Entonces no quiero que lo seas. No te voy a obligar. Pero no seré un deber para ti. Quiero el divorcio. Serás el mejor padre que puedas ser para nuestro hijo, pero yo no seré esa esposa a la que tienes que conservar porque sientes que tienes un deber para con ella.

–O todo o nada, pues.

–Sí –a ella le costaba decirlo, pero no había más remedio. Lo quería todo. No solo deber, sino también amor. Amor de verdad, no solo unas horas de placer todas las noches. Quería compartir algo más que su cama. Quería compartir su corazón y su vida.

–Entonces tendrá que ser nada.

Eduardo salió de la cocina y ella se quedó mirando el lugar donde había estado él y adaptándose a la idea de que ya no estaba allí.

Cuando Eduardo llegó a casa del trabajo, Hannah se había ido. Sus cosas habían desaparecido y la dulce sensación de confort que sentía él cuando llegaba a casa se había ido con ellas.

Le dolía la cabeza y le dolía todo el cuerpo. Se acercó al mueble bar y se sirvió tequila. Llevó el vaso a su habitación y lo dejó en la mesilla.

La había culpado. Le había dicho que no sabía dónde se metía y eso era cierto. Pero había mentido al decir que no quería ser su esposo.

Lo quería más que nada en el mundo. Pero ¿cómo serlo cuando no era todo lo que debía ser un esposo? Su padre había sido fuerte y capaz y él era débil.

Se tumbó en la cama y se puso una mano sobre los ojos. Tendría a su hijo y sería el mejor padre que pudiera ser. Pero no obligaría a Hannah a estar con él. Ella se lo agradecería más adelante. Ella se merecía más. Un campeón. Alguien que le hiciera la vida más fácil, no más difícil. Un hombre de negocios fuerte que no cometiera errores.

La migraña lo atacó de pronto, pero él se regodeó en ella porque anulaba un poco el dolor insoportable que había en su corazón.

Capítulo 15

DESPUÉS de pasar el día anterior encerrado en el ático, Eduardo había llamado a su chófer y había hecho planes para ir a la finca al día siguiente. No estaba de humor para conducir él. Le dolía la cabeza y se sentía espeso y lento.

A continuación había hecho unas llamadas y descubierto que Hannah se hospedaba en un hotel de lujo. Confiaba en que tuviera sábanas con el número apropiado de hilos.

Aquella idea hizo que le picaran los ojos. Se arreglarían lo bastante para verse. Le compraría una casa y lo organizaría todo para el bebé. En cierto modo, quizá lo peor fuera aquello. Verla y no poder tenerla.

Por culpa de su debilidad.

Quería abrirse la cabeza y arrancarse el cerebro. Arreglarlo y comprar uno nuevo. Odiaba la sensación de estar atrapado. Limitado.

Salió a la calle y entró en el automóvil negro que esperaba al lado de la acera. Apoyó la cabeza en el respaldo del asiento y se concentró en el golpeteo que sentía en la cabeza.

El coche se alejó de la acera y se adentró en el tráfico. Tardaron poco en salir de la ciudad y Eduardo sintió que su dolor de cabeza disminuía, aunque el del pecho empeoraba.

Alzó la vista por primera vez y sus ojos se encontraron con los ojos azules del conductor a través del espejo retrovisor.

—¿He sido secuestrado? —preguntó.

—Esa es una palabra muy dura —repuso ella—. Prefiero llamarlo «desviado».

—¿Qué es lo que quieres, querida?

—¿Yo? Tú no puedes decidir solo cómo van a ser las cosas. ¿O no te llegó la circular de que el matrimonio es una sociedad?

—Creo que decidí que no tendríamos un matrimonio.

—Sí, bueno, pues yo no estoy de acuerdo. Si no recuerdo mal, cuando intenté casarme con otro, tampoco estuviste de acuerdo. Así que mala suerte. Estamos casados y hablamos de esto. Tú no puedes dar órdenes.

—¿Qué has hecho con mi chófer?

—Pagarle para que se fuera. Soy muy rica, ¿sabes? Y persuasiva —ella sacó el automóvil de la carretera, aparcó en un camino lateral y paró el motor. Se quitó el cinturón de seguridad y salió. Dio la vuelta hasta el lado de él y abrió la puerta—. Como iba diciendo, tú no puedes tomar todas las decisiones, yo también quiero tener algo que decir.

Se puso en cuclillas delante de él.

—A veces es difícil vivir conmigo. Soy terca y puedo ser materialista y egoísta. Hasta hace poco, me daba miedo querer, tenía miedo de sentir porque no podía controlar los sentimientos. Pero ya no. Y es gracias a ti por lo que ya no tengo miedo.

Él sintió la boca seca.

—¿Cómo he hecho que dejaras de tenerlo? —preguntó.

–Porque me has aceptado. No me has hecho sentir vergüenza de lo que había hecho, de mis miedos. Nadie me había aceptado así antes.

–Pero, Hannah, yo no puedo cuidar de ti. No puedo ser todo lo que debería ser un esposo para ti. Cometo errores.

–Yo también. No soy perfecta. Ni tú tampoco, pero eso no importa. Yo te quiero. Y, cuando todo lo demás falle en este mundo, quedará eso. Eso será lo que importe.

Él bajó la cabeza.

–Tú no puedes amarme.

–Pues te amo. Y no porque seas perfecto, sino que creo que son tus imperfecciones las que te hacen ser el hombre que quiero. No necesito que cuiden de mí, necesito un compañero. Y quiero que lo seas tú.

Él se desabrochó el cinturón de seguridad y tiró de ella al interior del coche. La sentó en sus rodillas y la abrazó.

–Hannah, ¡deseo tanto ser tu campeón! Quiero facilitarte la vida, no quiero ser una carga.

Ella lo besó en los labios.

–Me gustaría que pudieras sentir lo que yo –dijo–. Siento que mi corazón estaba atrapado en una jaula. No me permitía tener sentimientos. No me permitía querer mucho a nadie, no me autorizaba a tener amigos. Yo estaba sofocando mi corazón. Y tú lo liberaste –lo miró a los ojos–. Soy libre.

Algo se rompió en el interior de él. Un muro de piedra que había estado rodeándolo. Y él también sintió que salía de una celda a la luz del sol por primera vez en años. El corazón le latió con fuerza. Le acarició el pelo a Hannah con manos temblorosas.

—¿Me quieres? –preguntó.

—Sí.

—¿A mí? ¿A este hombre, no al hombre que era?

—Eduardo, este, el hombre que eres ahora, es el hombre del que me enamoré. Eres tú el que me ha cambiado.

A Eduardo lo inundó una oleada de alivio.

—¿Me quieres así?

—Sí, justo así.

Él cerró los ojos y apoyó la frente en la de ella.

—Contigo, supongo que puedo ser yo. El que soy ahora. Como tú, tenía miedo de volver a ser el de antes, y de no serlo. Pero creo que los dos éramos unos tontos.

—¿Sí?

—Sí. Como si el pasado fuera un destino al que fuera fácil llegar. Pensé que, al traerte conmigo, vería el pasado. Pero ahora te miro y veo el futuro. Te quiero, Hannah.

Ella sonrió.

—¿Y quieres ser mi esposo?

—Para siempre. Solo tenía miedo de fallarte, de fallarle a nuestro bebé. Pero no desprecio al hombre que soy ahora. No quiero volver atrás. ¿Cómo voy a querer eso si tú me amas?

—Te amo –le aseguró ella.

—A veces tendré jaquecas y olvidaré cosas. Pero te prometo que nunca olvidaré cuánto te quiero.

Hannah sonrió. Sus ojos azules estaban llenos de alegría.

—Yo tampoco seré perfecta, pero seré yo misma. Me comprometeré totalmente contigo.

—Yo te prometo lo mismo.

Hannah miró a su alrededor, el automóvil, las montañas, a él, y se echó a reír.

—Es como pronunciar de nuevo los votos matrimoniales —dijo.

—Solo que esta vez es de verdad —repuso él.

Ella asintió.

—Prometo que te querré siempre.

—Y yo a ti. Nunca me imaginé que podría merecerme una esposa tan fuerte y hermosa.

—Podríamos decir que nos merecemos el uno al otro —dijo ella, con una sonrisa maliciosa.

—Cierto.

—Y es bueno que los dos seamos fuertes.

—¿Y eso por qué?

Hannah lo besó en los labios.

—Para que podamos cuidarnos mutuamente.

Epílogo

HANNAH miró el cuadro que llevaba diez años colgado en su dormitorio. La primera vez que lo había visto le había parecido que la mujer que destacaba entre la multitud estaba sola. Por alguna razón, ya no se lo parecía.

Quizá porque nunca se sentía sola. Tal y como le había prometido Eduardo, su vida estaba llena de amor.

Abrió el cajón de la mesilla y sacó una carta envuelta en una cinta azul. La carta de Benjamin Johnson, que tenía ya dieciocho años y empezaba la universidad. La carta en la que le daba las gracias por haberle dado la vida y haberle dado a su familia. Hannah sonrió con el corazón henchido de amor y cerró el cajón.

—¡Mamá!

Oyó gritos y ruidos de pelea y después la voz profunda de Eduardo riñendo en español y cuatro pares de pies pequeños corriendo y a continuación un portazo. Hannah se echó a reír. Su esposo entró en la habitación.

—¿Va todo bien?

—Graciela tenía la muñeca de Juanita. Y los chicos solo estaban eligiendo bandos para crear pelea —contestó él—. Los he enviado fuera. Hace un día precioso.

Hannah se apoyó en su pecho.

–Necesito tu informe trimestral –dijo.

Él bajó la cabeza y la besó en la nariz.

–Ya te lo he enviado.

Ella sonrió a su esposo, el padre de sus hijos, su socio en los negocios.

–Pues ahora no tengo motivos para castigarte.

Él enarcó las cejas.

–Pareces decepcionada.

–Lo estoy.

–Gracias –dijo él.

–¿Por qué?

Eduardo la estrechó contra sí.

–Por ser mi compañera.

Ella se puso de puntillas y le dio un beso en el cuello.

–Por siempre.

Bianca

«Te deseo, Natalie. Y no después de las cinco de la tarde. Ahora».

Todas las mujeres tienen una fantasía con la que solo se atreven a soñar en el silencio de la noche. Sin embargo, para Natalie Adams, una madre soltera, el hecho de tener una aventura en París con el multimillonario Demitri Makricosta superó incluso sus sueños más salvajes.

Demitri se había quedado impresionado con la fogosidad de Natalie. Una noche no le había parecido suficiente, así que para calmar su deseo había insistido en que ella se convirtiera en su amante. Con el fin de que Natalie no hiciera aflorar sentimientos que él había reprimido, la distraía con regalos deslumbrantes y vacaciones lujosas, asegurándose de que no hubiera más entre ellos…

SEDUCIDA POR ÉL
DANI COLLINS

Acepte 2 de nuestras mejores novelas de amor GRATIS

¡Y reciba un regalo sorpresa!

Oferta especial de tiempo limitado

Rellene el cupón y envíelo a

Harlequin Reader Service®
3010 Walden Ave.
P.O. Box 1867
Buffalo, N.Y. 14240-1867

¡Sí! Por favor, envíenme 2 novelas de amor de Harlequin (1 Bianca® y 1 Deseo®) gratis, más el regalo sorpresa. Luego remítanme 4 novelas nuevas todos los meses, las cuales recibiré mucho antes de que aparezcan en librerías, y factúrenme al bajo precio de $3,24 cada una, más $0,25 por envío e impuesto de ventas, si corresponde*. Este es el precio total, y es un ahorro de casi el 20% sobre el precio de portada. ¡Una oferta excelente! Entiendo que el hecho de aceptar estos libros y el regalo no me obliga en forma alguna a la compra de libros adicionales. Y también que puedo devolver cualquier envío y cancelar en cualquier momento. Aún si decido no comprar ningún otro libro de Harlequin, los 2 libros gratis y el regalo sorpresa son míos para siempre.

416 LBN DU7N

Nombre y apellido	(Por favor, letra de molde)

Dirección	Apartamento No.

Ciudad	Estado	Zona postal

Esta oferta se limita a un pedido por hogar y no está disponible para los subscriptores actuales de Deseo® y Bianca®.
*Los términos y precios quedan sujetos a cambios sin aviso previo.
Impuestos de ventas aplican en N.Y.

SPN-03   ©2003 Harlequin Enterprises Limited

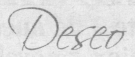

Deseo

La falsa esposa del jeque
Kristi Gold

El príncipe Adan Mehdi no solía rechazar a una mujer hermosa, pero Piper McAdams poseía un aire tan inocente que eso parecía lo que un hombre de honor debía hacer. Ella creyó en sus buenas intenciones hasta que apareció la exnovia de Adan con el hijo de ambos, y Piper accedió a enseñar a Adan a ser un buen padre e incluso se hizo pasar por su esposa hasta que él consiguiera la custodia del pequeño.

Actuar como pareja no tardó en poner a prueba la resolución de Adan y, muy pronto, la situación entre ambos se hizo más ardiente de lo que ninguno de los dos hubiera imaginado nunca.

¿Formaría parte de su futuro
una boda de verdad?

¡YA EN TU PUNTO DE VENTA!

Era una presa inocente...

Contratada para catalogar la biblioteca de la casa Sullivan, la catedrática de Historia Elizabeth Brown está en su elemento. Los libros son lo suyo, los hombres... bueno, en ese asunto tiene menos experiencia.

Pero desde luego no está preparada para la inesperada llegada del dueño de la casa, Rogan Sullivan.

Rogan es un hombre oscuro, peligroso y diabólicamente sexy; exactamente el tipo de hombre del que debería alejarse. Pero Rogan tarda poco tiempo en demostrarle a la dulce e ingenua Elizabeth las razones por las que debería dejarse llevar...

UN HOMBRE OSCURO Y PELIGROSO
CAROLE MORTIMER